花上童年

刘序珍 著

群言出版社
·北京·

图书在版编目（CIP）数据

花上童年 / 刘序珍著. -- 北京：群言出版社，2018.5
　　ISBN 978-7-5193-0431-7

Ⅰ. ①花… Ⅱ. ①刘… Ⅲ. ①诗集－中国－当代 Ⅳ. ①I227

中国版本图书馆CIP数据核字(2018)第059245号

策划编辑：孙平平
责任编辑：李　群
策划出品：广州市青年作家协会
装帧设计：广州市轩轩文化传播有限公司

出版发行：群言出版社
地　　址：北京市东城区东厂胡同北巷1号（100006）
网　　址：www.qypublish.com（官网书城）
电子信箱：qunyancbs@126.com
联系电话：010-65267783　65263836
经　　销：全国新华书店

印　　刷：广州一龙印刷有限公司
版　　次：2018年5月第1版　2018年5月第1次印刷
开　　本：889 mm×1194 mm　1/32
印　　张：7.25
字　　数：160千字
书　　号：ISBN 978-7-5193-0431-7
定　　价：38.00元

【版权所有，侵权必究】
如有印装质量问题，请与本社发行部联系调换，电话：010-65263836

序一：在迷眼乱花中守护本真诗意

  序珍是我大约两年前在微信上结识的诗友，网名一抹红。她给我的印象是为人真诚，热情大方，善待他人。微信上有些人，原本算是走得近的同学朋友，乃至亲人，你发几首诗给他，他可能立马就把你拉黑了。序珍不同，她每天不厌其烦地在自己的朋友圈推广诗友的作品，自然也包括我的。当她嘱托我给她将要出版的诗集写个序时，我欣然答应。

  这部诗集里的所有作品，我都细细读了。诗作内容涉及方方面面，包括爱情、四季、童年、人生哲理、自我、工作、节日、微型诗及其他等，林林总总130多首。这些诗里，无不饱含着她的爱，她的情，她的痛，她的梦。从童年到成年，从学校到警营，从爱情到事业，从职场到社会，从红尘中到大自然，她处处都能捕捉到诗意。

  我曾在诗论中写到，拜互联网所赐，二十世纪以来，借助论坛、微博、QQ群、微信群、微信朋友圈等途径，诗歌作品与评论以及诗歌活动风起云涌，发生于诗歌写作者与爱好者内部的讨论与作品推介骤然增多，让人眼花缭乱。似乎又到了众花纷呈的年代，诗歌显示繁荣态势，有了重拾辉煌的迹象，让人对再现诗歌旧时的荣光充满了遐想。然而，乱花渐欲迷人眼，五光十色乃浮云。五花八门的诗作，充斥诗坛，无数的所谓诗作，没有发现，没有创新，没有真美。

  现在，我发现序珍虽然身处纷乱的网络写作环境中，可她不为乱花迷眼，她坚持向传统致敬，守护着本真诗意。序珍的诗文，不花哨，不追潮流，不赶时髦，既没有玄惑之处，也不见华丽排场。她的诗就像质朴的生命本身一样实在、无华。序珍的大多数作品，写得细腻而深切，承继了中国千百年来的抒情传统，而又与那些泛抒情诗和一味雕琢词语的诗显然不同，这主要体现在她作品的真与美之中。

序珍是一个向自己内心深处挖掘的诗人。她敢于触摸与亮出自身的伤口，如此，很多的诗意便从伤口流出来。毫无疑问，这种情形下的诗，是具备纯粹性的。比如在《单恋》中，她写"我只好远远地欣赏着你/任思念像一条毒蛇/盘在路口，咬碎了/那晚的月亮"，这样的诗句，就是源于敏感而受伤的心灵，因而它能够打动读者。这是真诚的写作。坚持这样的写作，才能守护和确保作品的真实度与纯粹性。

毫无疑问，对于文学作品而言，仅有真纯是不够的。审美是文学的重要功能。诗歌作为文学中的文学，尤其如此。我感到，序珍这部抒情诗集中的作品，同时也是美的。比如《一封信》中的"我感觉自己就像一朵黑暗中/被惊醒的花蕾"，真是美到极致。再看看她的《倩影》"我不愿将思念的泪水流尽/我要蓄一泓深情的湖水/让你的倩影，永远倒映在/清澈的湖底，鲜艳如初"，用的是隐喻，却意境开阔，形象鲜明，极富美感。在《对不起，我不会再为你感动》中，诗人如此表达自己的内心"不要徘徊在我的窗外/唱着那首凄婉缠绵的旧情歌/我滚烫的泪珠在那天夜晚/已摔得粉碎/不要一次又一次地敲打我的房门/昔日那把刻着你我名字的锁头/早已锈迹斑斑/再也打不开了"。就像炽烈的燃烧终有冷却的时候，花开是美的，花落更是美的，爱熄了，情灭了，诗句依然可以是优美动人的。

序珍以这么多诗篇，证明她是本真诗意的守护者。当然我更希望看到，序珍的作品有更多的探索与创新。毕竟新意才是诗歌的生命。同时，我也希望序珍能够表达"沉着的"和"言外的"诗意。完满的好诗,除了有新意、有真情、有生命性和生长性,还要有冷静中的力量,诗人在场、见证、感受,但呈现却必须是客观的。至于言外的诗意,就是要注重留白。有时一首诗的妙处,恰恰存在于诗人没有写出来但读者感觉得到的地方。我想,序珍对此应当有过自己的思考,也一定会付出自己的努力。

(**江湖海**:中国作家协会会员,广东省作家协会诗歌创作委员会委员,惠州市作家协会副主席)

序二：清纯质朴　淡淡幽香
——读刘序珍的诗《光》《童年的月亮》有感

诗，"思"也。

诗，"天地之心"，语之宗祠。

在广州市青年作家协会的活动中认识了不少青年诗人，刘序珍是其中的一位。尽管我不会写诗，但还是特别喜欢读诗，喜欢同诗人在一起，聆听他们的吟唱，通过他们的诗作开启自己对诗意的敬仰。

刘序珍是一位勤奋的诗歌书写者。她在公务繁忙之余，积极创作，写下了大量诗篇。她说，近期拟出一本诗集，送给我阅读，并请我评论。说实在话，我深感为难，我喜欢读诗，却是诗歌的门外汉，故不敢轻易谈诗、论诗，更不敢评诗。由于刘序珍的坚持，我还是被她的热诚所感染，认真地研读了她这本诗集。看完这本厚厚的集子之后，感觉她的字里行间散发着清纯、质朴的韵味，富有哲理。

光

当你的世界陷入一片黑暗
你是多么的绝望和渴望
犹如一头濒临死亡的困兽

假如此时

有人轻声呼唤你

把手伸向你

温柔地抚摸你的伤痕

你会感到有一股无比巨大的力量

——如黎明的第一缕曙光

瞬间点燃你眼睛的火焰

浑身的血液沸腾起来

你一下子站起来

冲出牢笼

向着太阳升起的地方

飞快地奔去

  作者运用想象,把自己置身于黑暗,将深刻的思想质朴地表达出来,把身处黑暗、渴望光明,化作意象的"呼唤""伸手"、被"抚摸的伤痕"……内心获得的鼓舞,化作"无比巨大的力量"……作者通过层层递进的表述,最后向着光之源——"太阳升起的地方""奔去"!诗虽短,却意味深长。字里行间,透出诗人向往光明的自然与质朴。

童年的月亮

童年的月亮

最大、最明亮

像一块圆圆的诱人的豆沙月饼

咬一口在嘴里,细细咀嚼

那滋味甜得让人回味无穷

只是在花季的一场暴风雨后
月亮就再也没有圆过
失去了往昔众星捧月的光彩
像一个心事重重、愁容满面的怨妇
总是独自一人匆匆地行走在
茫茫夜色中
像在寻找什么，又像在追赶什么

可是无论她怎么走
都走不出黑暗的包围

我知道童年的月亮已经死去
它只能像童话故事里的风景
安慰我的寂寞和泪水
而我必须披荆斩棘、翻山越岭
去寻找一轮崭新的明月
让它照耀着我
找到打开黑暗之门的钥匙
迎接一个霞光万丈的新天地

童年，无忧无虑的时节。月亮，纯净、安详。就是这样充满童真的年月，作者眼睛里的月亮是完美的，当然"最大""最圆"。正当诗人祈愿美好继续时,"花季的一场暴风雨""月亮就再也没有圆过"。作者没有直抒这场是怎样的暴风雨,但开花的季节,遇到了不该有的意外,内在的清纯、安详,就如明月,没了原有的光彩。可喜的是,挫折中,诗者没有沉沦,而是凭借坚强的意志"寻找一轮崭新的明月",去寻找"打开黑暗之门的钥匙"……读到此处,掩卷,诗人内心深处独有的清纯与质朴,化作淡淡的幽香,自然地从文字中流淌出来。

刘序珍的诗歌清纯、简明、朴素,为在纷繁复杂中游历的人们带来心灵别样的幽香。

衷心地期待,刘序珍有更多、更好、更浓郁诗味、更耐读的作品呈献给读者,期待刘序珍的诗作在不断的历练中更上一层楼。

(谢友义:中国作家协会会员,中国报告文学学会青年创作委员会副主任,广州市作家协会副主席)

序三：诗路上执着追梦的警察姐姐

　　文友刘序珍要出版诗集，诚邀我写序，这是我第一次为年龄比我大的文友写序，我的心情是欣慰的，欣慰在这个物质化日益膨胀的年代里，还有人虔诚坚守着文学这份精神追求，我的心情是喜悦的，喜悦的是能有机会为执着于行走诗路的文友的新诗集作序。我和刘序珍在今年8月的广州青年文学交流活动上偶然认识，初次相识，我们交谈甚欢，她给我的印象是一位性格豪爽、为人正直、性情憨厚的大姐姐，深入交谈之后，得知她是一位警察，我肃然起敬，敬佩她这种能在百忙的公职工作当中依然孜孜不倦追求文学的执着精神。因为我年龄比她小，她时常叫我为弟弟，这样的称呼不免又多了几分亲切，所以我也称呼她为序珍姐姐。她在广州青年文学的群体中，十分活跃，经常助人为乐，热心帮助许多文友实现梦想，兢兢业业做着青年文学的对外宣传工作，博得了大家的好评。

　　序珍姐姐爱好写作新诗，虽然她时常自称自己是文学爱好者，但她的诗作所体现出来的思想已经非常成熟，在我眼里，她是一名有担当的诗人，我有幸拜读过她的诗作，她的诗作有深刻的爱情、平凡的生活、不屈的理想等主题，比如她写爱情的诗作《爱的痕迹》，里面有这样灵动的诗句："有时爱/看不见也摸不着/一旦来过/就渗入血液，穿透骨髓。"她诗中的爱情，是刻骨铭心的，是痛彻心扉的，只要一触及，就永生难忘，更令人回味无穷。又比如这首描写爱情的诗作《请为我流下最后一颗爱的泪珠》,我读到这样的诗句:"原谅我不辞而别/从此天涯各一方/什么也不想带走,如果值得/请为我流下最后一颗爱的泪珠。"这首爱情诗歌充满悱恻缠绵的情感,有朦胧新诗的影子,又有现实主义新诗的特点。

除了爱情诗歌以外,序珍姐姐还写了许多富有生活哲理的诗歌,比如这首《面具》,里面有这样充满力量的诗句:"坚信终有一天/我的心会赐予我神奇的力量/让我的梦想长出火凤凰的翅膀/载着我飞出重重包围/飞到鸟语花香的春天/沐浴在灿烂的阳光下。"这首诗的情感显得荡气回肠,运用了火凤凰的意象,表达出她在遭遇到人生困境时所表现出来的坚忍不拔,不向现实低头的个性。

又比如《莲》这首诗有这样的诗句:"某天清晨/人们惊奇地发现/在那片肮脏、散发着腐臭的泥塘/赫然挺立着一朵洁白、高雅、怒放的莲花/在晨曦中如一颗启明星照耀着世界。"这句诗运用了泥塘、莲花、晨曦的自然意象,同样烘托出诗人坚忍不拔的性格。但这首诗写得要比《面具》那首更为深刻,因为诗人运用了"莲"这种花作为主题,实际上一看到这个标题,就已经给读者一种生活强者的感觉。纵观她的诗歌,题材和形式不拘一格,有属于自己独到的人生体验和生活发现,更重要的是,她善于观察,并将观察到的各种纷繁世态化作自己笔下的诗歌,这本诗集是她出版的首部诗集,取名《花上童年》,在我看来,在诗歌写作的道路上,她依然保持着一颗纯粹的孩子之心,用她的眼睛观察和发现这个世界的真善美,这个书名十分符合她的诗歌创作核心理念,何谓诗心?心怀童年就是最干净的诗心。

刘序珍姐姐的诗歌总是透着一种力度,这种力度被她掌握得恰到好处,她将这种力度游刃有余地运用到诗歌写作中,让她的诗歌读起来不仅朗朗上口，而且充满从容清醒的生活姿态，这也是作为一名真正的诗人面对诗歌的正确态度。作为一名诗人，在当下的浮躁社会，她能坚守这份诗心，很不容易。

刘序珍姐姐的诗歌充满对人性的透视，对生活的热爱，对内心世界的深度挖掘和探讨，在她那一行行充满温度和力度的诗句中，作为读者能阅读到她丰富多彩的人生经历，跟着她的喜怒哀乐阅尽一名诗人的生命繁华。祝愿这位警察姐姐的诗歌道路越走越宽，写出更精彩、更美妙、更深厚、更淳朴的诗歌。

（**黄宇**：毕业于中山大学新华学院，在职研究生在读，中国作家协会会员，广东省作家协会会员，广州市青年作家协会理事）

序四："真善美"之歌者

  文友刘序珍的诗集即将付梓，我敬佩她的勇气并为她感到高兴。

  依稀记得20世纪80年代，在报上不时会读到诸如"欣喜地看到自己的名字变成铅字"之类的感慨！是的，时光上溯20年，作者自己的名字成为铅字确实是一种奢侈。

  我从来对铅字保持一种敬意。这是一种记录和记忆。刘序珍就是以一种最真实的状态去成诗。从这个语境里，她的"真实"是一种态度、一种方式，更是一种生存。

  与刘序珍成为诗友并不意外，容易陷入老生常谈的俗套。2016年的盛夏，我赴省城出差，恰逢刘序珍休假，遂约。我请她在宾馆里吃了一顿工作餐（这点怠慢她了）。她穿着朴素，举止从容，谈笑风生，但她确实是一个实在、真实的女子，一如她的诗集。聊起诗歌，她充满了对当下光环诗人的仰慕。我想这该是她始终不渝的追求。临别时，她告诉我一个小秘密：她要将她对生活的感悟，集结成册！

  我已经记不清那时候的想法，当刘序珍把书稿寄给我的时候，我顾不上掂量书稿的分量，脑海里只冒出四个字："勇气可嘉！"

  翻开书稿，开篇是刘序珍的《单恋》。这是一首容易让人遗忘的诗。确切地说，如果真要评价的话，那只能是平铺直叙没有溢美之词的评语：语言平实、叙述平淡、诗句平顺、结构平和……甚至，连汪国真式的祈使句也没有。当然，细读之下，汪国真式的热情和明朗，还是有的。比如："我怕我沾满尘土的手/会让你纯洁的灵魂更纯洁。"这是一种没有缝隙、没有留白、没有想象空间的表达方式，或许叫作纯净式、纯真式句子吧。但是，因为真实，才更励志。她就是用这种方式去记录真实的自己，然后在平实的地上找到起飞的地方。

在收录的诗集中，有不少是肯定式的开头，"你是一朵盛开在……"（《视线》）"我是一根藤……"（《我是一根藤》）"你是一颗流星……"（《爱的痕迹》）等。很明显，这是一个诗歌初学者的"起"。无可否认，无论哪种开头，肯定式的语言要比否定式来得自然。但也容易陷入思维定势、一成不变的定势。这说明了作者洞察力的欠缺。而随着文本结构的拓展，印证了刘序珍看似平凡的、普通的、大众化的起式，也仿佛裸露的岩石，粗犷而真实。

当然，刘序珍的诗歌也有出彩的地方，比如"但求轰轰烈烈地盛开/轰轰烈烈地落去/在浅笑中，孤独，百年"（《浅笑》）。在"笑中""盛开"，在"孤独"里"落去"，闪现出思想的光华和对人生觉悟的升华。从这首诗中可以看出，她已经走出了初学者的迷茫。

刘序珍是一个热爱诗歌、并愿意为诗歌付出的人。这本诗集，也是她此前所有诗作的集成，在诗歌写作者多如牛毛的当下，也许这部诗集并不能激起多少波澜，但，起码，至少，她给了读者一个真实的呈现，一种确切的记录，而真实即美。事实是，一个好的诗人，无论他（她）的诗句是否一夜走红，诗集是否洛阳纸贵，他（她）所呈现的文本一定是真实的（哪怕是伪造情感——希尼语）。真实地生活，真实地感悟，真实地记录，这也是他（她）赖以生存的根本。罗伯特·弗罗斯特说"假如诗人自己没有眼泪，那读者也就没有眼泪。假如诗人自己不感到吃惊，读者也就不感到吃惊"。因为真实，我们才能感受到一切信息，从这个意义上说，刘序珍是一个"真实"的诗人。

　　我们都是过路者，我们都彼此愿意善意回答对方问询。而写诗，其实就是在黑夜里穿行，努力发现彼此，以避免沉沦。虽然刘序珍的诗歌尚不成熟，但对于初涉文坛的她来说，毫无疑问，她已经向诗歌的宝藏迈出可喜的一步。她对于句式的掌控，题材的挖掘，已经渐渐了然于胸。我相信，只要假以时日，她华丽的转身，一定是灿若惊鸿。

2017 年 12 月 20 日于汕头

（谢海衡：笔名青剑，中国作家协会中国诗歌网旧体诗编审，广东频道站长，中华书局"诗词中国"广东站长）

序五：一抹红的诗意人生

高晓松曾经说过：生活不只眼前的苟且，还有诗和远方。我比较喜欢这句话，基于爱好诗歌创作的缘故，与岭南女诗人刘序珍在诗歌微信群里打过几次照面。

未见其人，先读其文。

首先，刘序珍的文字有一种沁心隽秀之美或向善暗涌的律动，在物欲横飞的当今社会，怀有一颗"诗心"写作，对于诗者而言，是难能可贵的特质。

其次，一抹红的笔名足够诗意，足以吸引眼球或抓心。

刘序珍的诗歌，每次我都是用心去品读，她的诗歌是她内心深处情感的宣泄口，也是"三观"的自然表达。

"敢爱敢恨、敢怒敢言"是笔者对刘序珍的直观评价，也许，这种真性情与其生活在"行伍之家"的环境密切相关。

刘序珍的性情具有真汉子的豪爽，但诗里行间，有时心细如发丝，有时温润细如雨，有时豪情万丈，有时澎湃激昂……静动之间运用自如，在笔者看来，唯美的文字是很难与其对号入座的。

正因上述缘故，诗歌才有了广阔的书写空间，人人诗意、诗意人人……

再次，我们缘起诗歌的相互赞赏。她是吝啬的"小气鬼"，每次赞赏1元；多乎哉，不多也！但她又是豪爽的，风雨无阻给予无声的支持与鼓励，笔者每篇文字都有她驻足的印记，做一天"粉丝"容易，难就难在持之以恒，这一点令人感动。

日日出新，时时推广。这种韧劲也体现在刘序珍的诗歌创作上，有人说，把眼前的苟且和远方记录成文字，诗歌也就诞生了。

刘序珍的诗歌是不是"文章天成"，笔者不得而知，至少她的诗歌有扑面而来的生活气息，不是简单的"断句+白话"，无可争辩，她的诗歌是有嚼头的。

最后，刘序珍对写作是虔诚的，逢人喊老师，笔者愧不敢当。在诗路上，我所能做的仅仅只是写作技术层面的交流，或者确切地说，入题技巧方面的探究。

举手之劳，不足挂齿。后天的勤奋是其后来居上制胜的法宝。笔者将其推荐为中国诗歌学会会员也就顺理成章了。我们有理由相信：刘序珍在今后的"诗路"会越走越宽、越走越远！如同她的笔名，她必然是岭南诗界一袭横贯中天的彩虹——一抹红！

（杜劲松：国家一级编剧，词作家，诗人，《中华日报》专栏作家，中国剧作家协会会员，中国音乐文学学会会员，中国诗歌学会会员，中国音乐著作权协会会员，广东小小说学会会员，广东省音乐家协会会员，深圳市电影电视家协会会员，深圳市音乐家协会会员，深圳市戏剧家协会会员，深圳市作家协会会员，尤其擅长影视文学剧本和歌词创作）

序六：刘序珍的文学追梦路

刘序珍是一位虔诚的文学追梦人、灵动的诗歌多面手。她为人豪爽、耿直、开朗，创作涉及各种题材，家国情怀、儿女情长、人生百态、生活感悟……都可信手拈来。当然，作为一名女性诗人，序珍更擅长描写人物关系，尤其是在男女关系之中表达女性思想、塑造女性形象、抒发女性情感。她喜欢观察、感悟生活中的人和事，并善于时刻将其融入诗歌创作中。如她的作品《自从遇见你》"自从遇见你/我枯裂已久的心田/如喜逢甘雨，一夜间/长出一个生机勃勃的春天/我感到全身的血液沸腾起来……"又如《单恋》"不敢靠近你/我怕我沾满尘土的手/会让你纯洁的灵魂更纯洁/我怕我笨拙的话语/会一不小心划破你娇嫩的花瓣/我只好远远地欣赏着你/任思念像一条毒蛇/盘在路口，咬碎了那晚的月亮……"无疑，赏读序珍的文字，会让我们看到真实的生活题材、真实的情感表达；也让我们感受到炙热的女性之心、奔腾的人生激情。可以说，序珍的感情本色率直，从不刻意掩饰，忠实于思想本身。她的语言又亦真亦幻，亦雅亦俗，亦喜亦悲，亦深亦浅，亦美亦平，变幻自由，引人入胜。在看似毫不经心、随意散漫的字里行间，或许有时会透露着一种淡淡的忧伤和怅惘，但更多的是抒写着对人生一切生趣的爱和探索，传递着一种顺其自然的心灵洒脱、不计得失的人生豁达、乐观积极的生活追求！

（**汤炎忠**：广州市青年作家协会主席，广东校园文学网总编辑）

序七：刘序珍的《花上童年》

　　意境的构造是诗歌最重要的组成部分，融汇生活的细节、事物的表象、内心的感悟，凸显生命的本质与意象，也体现诗写者的丰富情感与人生历程，在刘序珍的诗中可以充分地感受到这样的意境，她把自己的情感寄托在诗的意境中，再进行深层地剖析，并分解到诗间，这样的诗间循环，深厚地提升了诗的鉴赏力与感染力。

　　（**庄海君**：中国诗歌学会会员，广东省作协会员，"周末诗会微平台"策划人）

目 录

单恋/2

台风/3

大约在冬季/4

视线/5

浅笑/6

自从遇见你/7

爱的告白/8

因为你的到来/9

谢谢你，我的爱人/10

我是一根藤/11

我知道我错了/12

丢失的爱情/14

请为我留下最后一滴爱的泪珠/15

爱的痕迹/16

对不起，我不会再为你感动/17

碎/18

窗外/20

初吻/22

一封信/23

思念/25

深情/26

等待/27

鲜花和墙/29

倩影/31

爱情篇

你我偶然邂逅在风雨中
当目光不约而同地撞击在一起
你已悄然为我撑起
一片晴朗的天空

四季篇

投射出一道道锋利的光芒

击碎黑暗、冰冷和死寂

撒野/33

春风破/34

春之赞/35

春的脚步/37

五月/39

忆夏/41

秋思/42

冬雨/44

冬/45

冬之幻想/46

一个小女孩/49

多想/51

最美/52

春的沉思/53

童年的笑/54

童年的月亮/56

童年印象/57

春之梦/59

忘不了/61

记忆中的春天/63

故事/65

我深爱着这个地方/67

童年篇

童年的笑

是清凉甘甜的春雨

催生朽木的新绿

人生哲理篇

在人生的轨道上
我从跳跃的青春
渐渐驶入平稳的秋季

希望/92
沉默的火山口/93
面具/95
走出雨季/96
灰色的行走/98
假若/99
青春/101
笔里的灵魂/103
它还活着,它就没死/105
我愿/107
我的路/109
我的缺陷让我充满希望/110
祭奠我的死亡/112

弃食/70
陷阱/71
光/72
流言/73
窗/74
爬山/75
朋友/76
如果有来生/78
背着太阳的人/80
永不放弃/81
幸福/83
生命的告白/85
春春的思索/87
感恩/89

自我篇

坚信终有一天
我的心会赐予我神奇的力量
让我的梦想长出火凤凰的翅膀

工作篇

像破茧而出的蝴蝶重新飞舞
自由缤纷的生命
向着那真善美的梦想
执着地飞去

警花颂/115
她们就是——监狱人民警察/117
荒漠之花/119
廉洁之赞/121
最可爱的人/123

乡村的清明节/126
写给母亲的一首诗/128
端午随想/130
赠给儿童的诗/132
父亲的故事/133
敬礼/135
这一天/137
喜迎国庆/139
明月 乡愁/141

节日篇

五月的空气
弥漫着浓浓的粽香味
五月的汨罗江
奔腾得更加汹涌澎湃

玉米/144
落花/145
老屋/146
莲/147
角落里的一朵花/149
泥土/151
烛光/153
一条鱼的故事/154
致紫荆花/155

物篇

像一颗即将消逝的流星
在埋进黑暗的泥土前
露出一个痛苦而闪亮的微笑

人物篇

当有一天
一缕阳光穿透重重乌云
投入窗的缝隙
雪，奇迹般地停止了

北京路/167
黄埔古港/169
萝岗香雪/171
上下九/172
珠江/174

其他篇

一湾清水绕碧竹
纤纤佳人
茕茕孑立在
曲折的游廊

月光少女/158
一个昨天的倒叙/159
军嫂/160
英雄/162
诗匠/163
畸形的生命/164

广州系列风景篇

多彩的丝绸
搭起友谊的彩虹
与遥远的彼岸握手

六月，我把名字挂在枝头/177
孤坟/178
怀念/180
体操（组诗）/182
拼搏/186
诗韵红楼（居所篇）/187

微型诗

愈是月圆时
月光愈是寂寞
乡愁如饮下的烈酒，滚烫着血液

你的笑声/192
等我老了/192
煤油灯/192
橡皮/192
深秋/193
月是故乡明/193
夜读/193
故乡的小河/193
港口/194
父亲的背影/194
失恋/194
乡间那棵歪脖子树/194
钓鱼/195
空巢/195
冬夜/195
高兴/196
胡杨/196
纸船/196

心灵之桥/198
期待/200

结语篇

期待有一天
这个世界
没有爱的冬天，没有心的沙漠
让永恒的春天不再是神话

爱情篇

你我偶然邂逅在风雨中
当目光不约而同地撞击在一起
你已悄然为我撑起
一片晴朗的天空

单恋

不敢靠近你
我怕我沾满尘土的手
会让你纯洁的灵魂更纯洁
我怕我笨拙的话语
会一不小心划破你娇嫩的花瓣
我只好远远地欣赏着你
任思念像一条毒蛇
盘在路口,咬碎了
那晚的月亮

如果有一天暴风雨突然袭来
我将以最快的速度奔向你
而你是否愿意接受
我为你撑开的朴素而坚实的伞
于是,这伞拿在手中,就有了重量
而在看不清的雨中
风,抹平了你的面容

台风

那一个夏天的夜晚
月光很朦胧
大地停止了喧哗
一对恋人甜蜜地徜徉在月海里
世界沉浸在静谧温柔之中
仿佛是一场虚幻的美梦
乌云骤然遮住了月光
一朵渴望已久的玫瑰花的期待
和恍若半个世纪的沉默
让一场潜伏很深的台风
终于地动山摇地呼啸而来
埋葬了一场轰轰烈烈的爱的时光
撕碎了一地芬芳艳丽的记忆的花瓣
只剩下一片没有阳光的萧瑟的废墟
和一滴滴血色的泪迹

大约在冬季

你我偶然邂逅在风雨中
当目光不约而同地撞击在一起
你已悄然为我撑起
一片晴朗的天空

从此
我享受着阳光的沐浴和花香
我不再惧怕夜的狰狞和死寂
我迈着自信的脚步在生活中前行

你是一只追寻梦想的雄鹰
热爱自由地翱翔
可是无论你飞到哪
都飞不出我的心空

当某一天我问你漂泊的归期
你说大约在冬季
是呵,那里离春天最近

视线

你是一朵盛开在
遥远巍峨的冰山上的
千年雪莲
寒气逼人,一尘不染
即使,我的脚步血迹斑斑
即使,我乘着一匹快马
披霜冒露,风雨兼程地奔向你
也无法抵达你心的彼岸

你永远是我心目中
一道最美的风景
而我
是一缕卑微的视线
偷偷搜寻你的芳影
你永远走不出我的视线
你永远看不到我的视线
因为我的眼里只有你的微光

浅笑

那天
在城市的喧嚣与尘埃中
我惊诧于
你嘴角的那一抹
闪亮的新月
仿佛刚出浴于缠绵的春雨
又带一点才吐露花蕊的
白莲的羞涩
霎时间我灵魂的蝴蝶
已被你捕捉
而我分明感到你快乐的颤栗

我徘徊在秋的门口
渴望最后一场春的来临
其实人生能有几回春呢
但求轰轰烈烈地盛开
轰轰烈烈地落去
在浅笑中,孤独,百年

自从遇见你

自从遇见你
我枯裂已久的心田
如喜逢甘雨,一夜间
长出一个生机勃勃的春天
我感到全身的血液沸腾起来
我听到花蕾
一瓣一瓣急速绽放的声音
那声音是多么美妙而快乐呵
我感觉浑身充满了
前所未有的强大的力量

亲爱的,只要你愿意
我将长成一棵枝繁叶茂的参天大树
为你遮风挡雨,避暑御寒
为你摘天上的星辉和月光
为你开一树深情的花儿
为你结一树甜蜜的果实
只求你每天在我的枝头快乐歌唱
只求你每天在我的怀抱安然入睡

爱的告白

曾以为
你是我生命唯一的港湾
在一场轰轰烈烈的激情燃烧后
我的世界变成一片灰烬

也曾在生与死的十字路口徘徊
也曾在光明与黑暗的边缘挣扎
也曾在前进中屡屡跌倒和流血
终于,在翻过一座
冰雪覆盖、险峻陡峭的高山后
我看到了晨曦中闪耀的
那一抹　亮丽的绿色

尽管受伤的翅膀依然隐隐作痛
但我不再惧怕任何伤害和阻挠
我要再一次起飞
飞向那属于我的纯洁的爱
即使我可能再一次死去

因为你的到来

屋外的风雨
是那么的疯狂,冰冷
让孤独地更加孤独
让忧伤地更加忧伤

你不顾一切地打开
那个沉寂而潮湿的小屋
霎时间 屋内
充满了阳光与芬芳
一切死去的颓废的
重新焕发生命的活力
一双阴郁的眸子
拥抱着两朵红色的火焰

你说你是属于这个小屋的
你想拥抱一颗饱经沧桑的心
一起共度人生的风雨
而它因为你的到来
从冬天变成了春天

谢谢你，我的爱人

遇见你是我最大的幸运
虽然
你不是我心中的白马王子
但你绝对是一匹忠诚的马

我曾被爱情烙伤
所以胆怯地逃避你的追逐
你说你要剜出你的心
让我看看它纯金的光芒
从此，我漂泊不定的孤舟
有了一个遮风避雨的港湾

谢谢你，我的爱人
在我最孤独无助的时候
你毫不犹豫地选择了我
虽然没有轰轰烈烈的壮举
也没有风花雪月的浪漫
却使我在黑夜中长出健壮的翅膀
向着黎明的曙光奋力飞去

我是一根藤

我是一根藤
一根思念的藤
每当夜深人静
我便会疯狂地爬过千山万水
抵达你的身边

我温柔而又热烈地缠绕着你
而你却浑然不知
沉醉在浪漫的约会中
嘴角挂着一丝甜甜的笑意
我知道我不是你的白雪公主
而你却是我唯一的白马王子

我愿意做一根傻傻的藤
任凭斑斓的蝴蝶在眼前媚笑和跳舞
我愿意默默地、孤独地等待
等一个季节的衰老
等一个美梦的惊醒
等一个或许等不到的呼唤
等自己枯萎成泥
如果你还活着
就把我埋在你的土壤
成为你的血液
从此我们融为一体，永不分离

我知道我错了

我知道我错了
拥有你的时候
却故意不理睬你
当你决绝而去
心,却痛得几乎窒息
为什么明明相爱却有缘无分

我知道我错了
你再也不会回来
多少次梦中与你缱绻缠绵
醒来滚烫的空气里
仿佛残留你的味道

心爱的人啊
你在哪里,你在哪里呵——
一声声撕心裂肺地呼唤
穿透多少个寂寞的深夜无处安放

我知道我错了
你再也不会回来了
如果时光可以倒流
我一定为你开一朵
最美、最纯洁、最热烈的花

祈祷你绿色的、粗壮的臂膀
紧紧地缠绕着我
为我守护一生一世的风雨

爱情篇

丢失的爱情

那一夜
我丢失了一颗爱情的种子
此后所有的日子
笼罩在愁云惨雾之中

拒绝一切温暖的问候
拒绝一切伸过来的手
任凭渗入骨髓的痛苦
汹涌澎湃
每一次回忆都如刀割一般
却如嗜血的苍蝇舔了又舔

仿佛经历了一场漫长的噩梦
突然有一天
一片飘落的黄叶把我惊醒
放弃吧！——
一个声音坚决地说

爱情可遇而不可求
我愿爱就爱得轰轰烈烈
哪怕我的爱情是一颗流星
在消逝之前绽放最美的火花
那么此生又有何憾

请为我流下最后一滴爱的泪珠

我心爱的人呵
不想再委屈你
所以决定离开
你伟岸、温暖的怀抱

就让心,如地狱之火焚烧
难以呼吸,痛入骨髓
这是我应得的惩罚
不要纠葛什么原因
一开始你就错过了
我最美的花期

感谢上天让我遇见了你
使我感受到春雨甜蜜的滋润
不要为我藕断丝连
爱情的天空如此辽阔
总有一朵属于你的美丽的云彩

原谅我不辞而别
从此天涯各一方
什么也不想带走,如果值得
请为我流下最后一滴爱的泪珠

爱的痕迹

你是一颗流星
瞬间划过
我忧郁的心空
点燃一缕炽热的火焰
灼痛了青春的身体
至今隐隐作痛

你是一串春的泪水
温柔地滑过
我枯裂的双唇
融化了冬的噩梦
唤醒一颗沉睡已久的
爱的种子

你是一只喜欢流浪的蜻蜓
偶尔停泊在
我寂寞的心湖又起航
你带走了我的思念
留下层层涟漪
久久不散

有时爱
看不见也摸不着
一旦来过
就渗入血液，穿透骨髓

对不起,我不会再为你感动

不要故意在我的视线里
站成高大挺拔的姿态
我已长出一根根锋利的刺
拒绝一切阳光的梦幻

不要徘徊在我的窗外
唱着那首凄婉缠绵的旧情歌
我滚烫的泪珠在那天夜晚
已摔得粉碎

不要捧着似曾相识的火红的玫瑰
虔诚地跪在我的面前
一遍又一遍地忏悔
那只会让我看不起你

不要一次又一次地敲打我的房门
昔日那把刻着你我名字的锁头
早已锈迹斑斑
再也打不开了

射出的箭追不回,说出的话收不回
纯洁的爱情之花,只能绽放一次
对不起,我不会再为你感动

碎

当你无情地撕碎
我送给你珍藏的火红的玫瑰
转身离去
刹那间,天空一片黑暗
鸟儿在悲鸣,流水在呜咽
世界只剩下一片荒芜、冰冷和迷茫
光明在哪里,道路在哪里
呵!我什么也看不见

心,如跌落在地上的
一片片流血的玫瑰
四分五裂

曾经的美好刻骨铭心
无数次梦中呼唤你的名字
撕心裂肺,声嘶力竭
却得不到你一丝回音
泪雨打湿了晨光
光,碎了无数次

当我从梦魇的深渊中爬出来
恍然大悟
碎了的东西补得再好
始终还是有裂缝的

所谓破镜重圆
只不过是神话里的故事
我笑了
笑得是那么的轻松和灿烂
霎时间,你的名字碎成一地灰烬
逃得无影无迹

爱情篇

窗外

每天
我总是远远地
在一扇紧紧关闭
布满灰尘和生锈的铁窗外
久久地徘徊
深情地凝望
猜测着它的秘密
直到夜深人静
直到走进梦乡

它是已经死去
还是在做着一个不愿醒来的美梦
我不敢走近它
生怕打扰了它
只好远远地望着

我多么渴望
用最炽热的阳光去融化它
用最温柔的春雨去唤醒它
幻想着在某一个月光如水的夜晚
它悄悄从窗缝里
伸出一枝玫瑰色的娇羞的花朵

那么,我干涸的眼眸
一定会涌出甘甜的清泉

爱情篇

初吻

那是一个永恒的夜晚
月亮和星星躲进了云层
世界只剩下我和你

我是一朵刚刚绽放的白莲
纯洁而清高
你是一匹正值青春的骏马
潇洒而多情
我们都沉默不语
你看我的眼神很明亮,很潮湿
我感觉春天的第一场雨就要下了

风还没刮起
雨就迫不及待地,轻轻地
湿湿地,缠绵地
落在我的心上
我的每一片花瓣
都在惊慌而又喜悦地颤抖着
仿佛干涸了一个冬季的麦田
终于喜逢甘霖

我有一种预感
今年的秋天一定很饱满很甜蜜

一封信

在天真烂漫的花季
一个陌生人带来一封
火红色的信
我好奇地把它打开
一股热浪迎面扑来
它的每一个字词都是那么滚烫
烧灼着我的眼睛
让我不敢多看一眼
它的温度透过我的手心
迅速漫延至我的全身
我的血液沸腾心跳加剧
我感觉自己就像一朵黑暗中
被惊醒的花蕾
正一瓣一瓣地绽放奇异的光彩
那是一种从未体验过的感觉
既羞涩又甜蜜还有一点骄傲

可是我懂得,女人
如果仅仅是一朵花
那是怎样的一种悲哀
女人也应该像雄鹰一样
志在四方,叱咤风云
花季是如此短暂而美好
我们不应让它荒芜和苍白

我默默地说声：谢谢，对不起
然后把信撕碎，用力抛洒在空中
看着它被风吹得无影无踪，我笑了

思念

你在海的那边
以一棵青翠挺拔
岿然不动的姿势
守护着祖国和人民恬静的梦
常常寄语于星光月色
一身风雨和疲惫
但你却说你很幸福

我在离海很远的这边
以一朵圣洁、孤傲、执着的姿态
守候你的归来
当寂寞的潮水淹没对岸
我就一遍一遍地咀嚼
你寄来的深情和海的味道

不知不觉我的眼睛湿润了
但那是快乐的泪花在绽放
因为你的幸福就是我的快乐

聚也匆匆,别也匆匆
年年月亮没圆过几次
我们说好不哭泣
不管未来的路有多么漫长
我们深信,在我们走过的路上
一定会开满洁白无瑕的花朵

深情

在这孤独的深夜里
让我畅饮那苦涩的烈酒
好让自己有一颗豹子胆
把漂泊多年沉淀的思念
浓缩成短短的几行字
每一个字都饱含了鲜血和泪水

我把它们托付给一只洁白的纸鹤
让它载着一颗饥渴而又忐忑的心
飞向那梦中难舍难分的地方

也许你早已把我忘记
而你摘给我的野花却依旧灿烂
即使纸鹤一去不复返
我依然深深祝福你过得幸福美满

喝吧！这漫长的令人烦躁的夜
喝吧！这苦涩的孤独的酒宴
麻痹一切伤口和旖旎的幻想
让醉醺醺的灯光照亮黎明

等待

你说在我生日那天
送我一朵火红的玫瑰
我充满幸福地等待
那激动人心的时刻
虽然小小的一朵玫瑰
值不了多少钱
可对于我来说
那是世上最珍贵的礼物

我每天数着星星等待
望眼欲穿
我掰着手指算日子
苦苦煎熬
我怨那时间走得是那么慢
那么的慢……
仿佛历经了百年沧桑
终于——
我即将迎来一个爱的春天
我仿佛看到
爱神的天使对我微笑招手

明天，明天就是我的生日
想着那朵深红怒放的玫瑰
我的脸上浮起了两朵红云

假如明天你把玫瑰交给了我
请相信，今生
我会把它深植在爱的土壤
每天为它浇灌甘甜的雨露
为它遮风挡雨，精心呵护它
让它永远青春美丽，永开不败

鲜花和墙

我是一朵热情奔放
而又孱弱的鲜花
怯怯地躲在一堵墙的背后
是的,它高大结实
让我高枕无忧

我应该感恩它
但并不等于我欣赏它
它颜色灰暗单调
外观陈旧古朴
像一个饱经沧桑的老古董
可人们都说古董比鲜花有价值
我懂得它所承受的重量
也懂得它的忠心耿耿
这也是我从不背叛它的缘故

然而在无数幽深彷徨的长夜
有谁怜悯那孤单的影子
和冰冷的泪水

假如生命可以重来
我绝不做一朵墙脚的花
我要盛开在辽阔的原野上
去接受风霜雪雨的洗礼

爱情篇

去经受电闪雷鸣的锤炼
让根紧握住大地
让枝叶不断向着阳光和蔚蓝伸展
让花朵开成一个春天
只要梦中的蝴蝶
为我跋山涉水,翩翩起舞
哪怕暴风雨将我撕得粉身碎骨
我也将微笑地死去

倩影

我不愿将思念的泪水流尽
我要蓄一泓深情的湖水
让你的倩影,永远倒映在
清澈的湖底,鲜艳如初

爱情篇

四季篇

投射出一道道锋利的光芒
击碎黑暗、冰冷和死寂

撒野

是谁
狂风般卷走了
大地的白袍

是谁
一夜间抹绿了
天涯海角

是谁
恣意点燃了
一片片五颜六色的花海

我四处寻找
原来
是调皮的春姑娘呢

四季篇

春风破

躁动的风
像一匹被困已久的
挣脱缰绳的野马
尽情地奔驰在
黎明前的漫无边际的大地上
去追寻那失落已久的梦
它又像一位威武的将军
举起手中的利剑
吹起前进的号角
指挥着千军万马
气势宏伟,所向披靡
那些冰冷的苍白的枯败的颓废的
一扫而光
取而代之的是
温暖的缤纷的繁茂的勃勃生机的
它走遍天涯海角
占领每一个狭小的空间
掀起绿色的惊涛骇浪
最终吞噬冬的巨轮
大地迎来了金灿灿的曙光

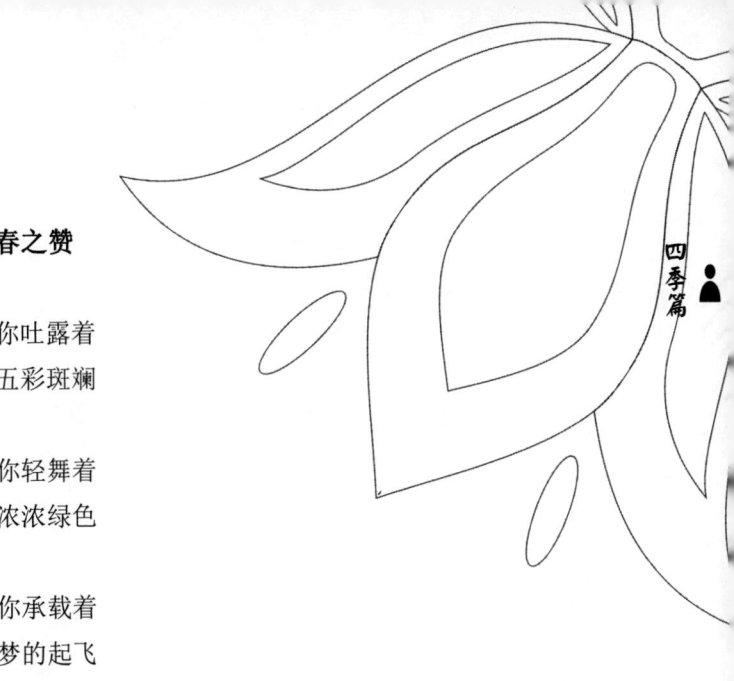

四季篇

春之赞

你吐露着
五彩斑斓

你轻舞着
浓浓绿色

你承载着
梦的起飞

你温暖着
冬的伤痕

呵,我要赞美你
——春天!
你是那么的美丽动人
犹如一个舞动绿色裙子的
清纯羞涩的少女
你又是那么的温柔和博爱
闪耀着母性的伟大光辉
呵护着每一颗渐渐隆起的种子

呵,我要代表万物感谢你
——春天!
是你使万物

走出冰冷的黑暗
享受温馨的阳光
孕育成熟的金秋

来吧，让我们尽情地歌颂——
为春的馈赠
为春的娇娆
为春的希望

春的脚步

春的脚步
越来越近了
它的声音
越来越响亮了
暖洋洋的太阳
打着甜甜的哈欠
投射出一道道锋利的光芒
击碎黑暗、冰冷和死寂
于是冰雪开始溶化
大雁回归故里
北风越来越温柔

春的脚步
越来越快了
它的声音
越来越宏伟了
在天空，在大地
在世界的每一个角落
充满了它的绿的气息
温柔缠绵的霏雨
亲吻着大地沧桑的脸庞

滋润着万物干涸的灵魂
于是唤醒了大地深处
无数沉睡已久的生命
它们就像一叶叶绿舟
浩浩荡荡地开启了梦想的征程

春的脚步在雷声的催促下
跨出冬的门槛
它喘息的声音是那么清晰
当万物从梦中睁开惺忪的眼睛
惊讶地发现
不知什么时候
大地披上了一件色彩斑斓的绿衣裳
到处是鸟语花香，青翠欲滴
流水高声欢唱，蜂蝶纷飞起舞
胜过天上人间

五月

五月的风,恰好
清爽怡人

五月的阳光,不辣
温柔妩媚

五月的雨,像个顽童
谁也猜不透它的行踪

五月有一段情
刚刚燃起火焰
又被高傲和自尊浇灭

呵!这美丽而多情的五月

来不及梳理思绪
来不及咀嚼五月
五月就要与我擦肩而过
唯一欣慰的是
每天辛勤浇灌的儿时的梦想
如今已长成一朵粉红的花蕾
期待它某一天艳惊四方,香飘万里

这样的五月

宁静，淡美

少许遗憾，浓浓的期盼

忆夏

烈焰般的太阳
炙烤着大地
热气腾腾的风
吹不动一丝凉意
聒噪的知了虫儿
不停地宣泄着烦闷的心绪

正是当午时
一个剪着男仔头的小女孩
偷偷地翻过围墙的禁锢
和墙外的小伙伴儿
一起冲进那火辣辣的阳光中
尽情地享受飞鸟的自由欢畅

活泼的足迹
留在了成熟的果树上
滚烫的大山中
青翠的草地里
……
嘴角边
残留着甜蜜的野果汁
清脆的笑声四处飞扬

不知不觉
已过了一个天真烂漫的童年

秋思

昨日的春天
还在嘴角的笑意里
芬芳四溢
转眼,那片绿油油的叶子
已耗尽了所有的精力
像一张行将就木的老人的脸
颤颤巍巍地飘落在荒凉的土地上
于是一声长长的叹息
从紧锁的眉头里
溢出,重重地落在地上

是谁走不出
那早已落幕的春的童话
至今为那个死去的
无忧无虑、天真无瑕的小公主
悲哀地哭泣
拒绝阳光的手
抚摸千年冰封的魂灵

某一天
偶然翻出一张模糊的照片
才惊觉
青春的背影已离我越来越远
我不惧怕冬的来临

我惧怕的是
当我回过头去
只看见一片苍白的脚印
我要找回那丢失的时光
我要辛勤地耕耘每分每秒
当秋色尚未成熟时
我的果子已散发阵阵清香

四季篇

冬雨

天空,阴沉着脸
不停地流泪
没有歇一会儿的意思
仿佛要把几千年沉淀下来的委屈
一吐为快
冰冷的风为它伴奏
哀吟着那令人肝肠寸断的故事
玻璃窗内的眼睛
弥漫着水雾

大地陷入一片迷茫和死寂
泥土深处,死去的人化作了坚冰
活着的人,仿佛一块块浮冰
不停地为尘世吹来的风
掉眼泪

冬

你是一个
即将临盆的孕妇
躺在死一般沉寂的
苍白的无垠的床单上

蝴蝶般的雪花
装饰了你的枯发
呼啸的北风
扭曲了你的脸庞

你穿着一身
褴褛单薄的衣裳
咬牙忍受冰刀刺入骨髓的
阵阵剧痛

你剧烈挣扎着
耗尽了毕生的精力和热血
终于诞生出——
一个响亮的春天

你自豪地笑了
笑得是那么翠绿
那么灿烂
虽然你知道
你即将死去

冬之幻想

当冬在北国的大地上
踩下深深的印记
羊城,却谜一般踪迹不定
一会儿,它像春姑娘一样
在公园里浓妆艳抹,翩翩起舞
一会儿,它穿起厚重的衣裳
在北方的寒流中瑟瑟发抖
一会儿,它露出火辣辣的笑容
让人们分不清四季

当夜深人静,聆听着寒风
披散着长发在窗外
摇头晃脑地嘶吼着
意识渐渐模糊
蒙眬中
我看见窗外飘起一片片
白色的精灵
它们吹着嘹亮的唢呐
跳起旋转的欢快的舞蹈
纷纷扬扬,轻柔如絮
在空中舞台演绎着无与伦比的精彩
不知不觉,我的灵魂飘到窗外
加入它们的队伍中
我尽情地跳呀,旋转着

一边不停地笑着
仿佛一个无忧无虑的孩子

也不知过了多久
一道强烈的光惊醒了我
我不情愿地睁开眼睛
原来是太阳虎视眈眈地盯着我
而那些白色的精灵已不知去向
我笑了
但愿还能再遇见它们

四季篇

童年篇

童年的笑
是清凉甘甜的春雨
催生朽木的新绿

一个小女孩

一个小女孩
留着男仔头
胸前佩戴红领巾
臂上挂着两红杠
昂着头，挺着胸
走起路来雄赳赳，气昂昂

一个小女孩
学习总是排前三
劳动总是抢着干
五讲四美"三好生"
老师夸奖同学赞
四化建设的好苗苗

一个小女孩
家里也是好帮手
做饭洗衣捡柴火
锄草种地样样行
播下一粒粒希望
人们见了连连夸

一个小女孩
性格像个男孩子
争强好胜不服输
常常混在男孩堆里
踢足球，打篮球
爬树捉鱼上高山
……
男孩喜欢玩的她玩
男孩不会玩的她玩
堪称当地第一大玩家
整天嘻嘻哈哈
人称"疯丫头"

一个小女孩
总喜欢做梦
只是做了几十年
至今还没有醒来
如今还在做着相同的梦
她渴望某一天
梦会开花结果

多想

多想
回到童年
那里的天空从不下雨
那里的气候四季如春
那里的大山充满诱惑
那里的鸟儿梦想高峰
那里处处盛开着热情和纯真的笑靥
那里处处飞扬着蓬勃和清脆的笑声
那里的每一寸土地,每一寸光阴
都生长着五彩缤纷的阳光的故事

假如生命可以选择
就让我永远做一个孩童吧

童年篇

最美

最美
是童年的笑声,盛放
在充满阳光的土地上
在充满诱惑的山谷里
在宽阔碧绿的草地上
在清澈凉爽的小溪里
……

是的,它从来就没有消失过
在我孤独和忧愁的时候
在我徘徊在回忆的林荫小道上的时候
它总是不知不觉在我的耳边
风铃般响起
有时,它还会钻进梦里
让我扑哧一声,笑出花来

春的沉思

什么时候
湛蓝的天空
变成灰暗

什么时候
自由的小鸟
停止了欢欣的歌唱

是因为
春天已经过去
还是因为心灵
蒙上了尘埃

假如
世上真有上帝
我会虔诚地祈求
让我永远做一个
孩童吧
至少
我是赤裸裸的真实

童年的笑

童年的笑
是五彩缤纷的鲜花
点燃沙漠的火焰

童年的笑
是清凉甘甜的春雨
催生朽木的新绿

童年的笑
是桀骜不驯的野马
狂风般驰骋在草原上

童年的笑
是炽热如火的阳光
融化千年冰封的河流

童年的笑
是洁白无瑕的莲花
净化阴暗污垢的魂灵

呵！童年的笑
我怎能把你忘记

在梦里
在没有阳光的日子里
只有你陪伴着我
破茧而出

童年篇

童年的月亮

童年的月亮
最大、最明亮
像一块圆圆的诱人的豆沙月饼
咬一口在嘴里,细细咀嚼
那滋味甜得让人回味无穷

只是在花季的一场暴风雨后
月亮就再也没有圆过
失去了往昔众星捧月的光彩
像一个心事重重、愁容满面的怨妇
总是独自一人匆匆地行走在
茫茫夜色中
像在寻找什么,又像在追赶什么
可是无论她怎么走
都走不出黑暗的包围

我知道童年的月亮已经死去
它只能像童话故事里的风景
安慰我的寂寞和泪水
而我必须披荆斩棘、翻山越岭
去寻找一轮崭新的明月
让它照耀着我
找到打开黑暗之门的钥匙
迎接一个霞光万丈的新天地

童年印象

童年的天空
是蔚蓝如洗的
童年的大地
是四季如春的
童年的双臂
是展翅翱翔的
童年的脚步
是自由飞舞的
童年的梦想
是五彩缤纷的
童年的笑声
是干净明亮的
……

说也说不完的
是童年精彩的故事
唱也唱不尽的
是童年飞扬的歌声
看也看不够的
是童年春天般的风景
听也听不够的
是童年银铃般的笑声

花上童年

再也没有什么比它更美妙
再也没有什么比它更亲切
像一坛陈年的老酒
越喝越香甜，欲罢而不能
烦恼和忧愁抛到九霄云外

春之梦

永远不曾忘记
那一个充满梦想和激情的春天
是那么的蓬勃
那么的绚烂

它拥有绿潮汹涌的笑声
白莲之纯洁
它拥有雄鹰的斗志昂扬
红梅之傲骨
……

它期待征服壮丽的巅峰
它渴望长成辽阔的草原
它期待收获饱满的金秋
它渴望绽放流星的光芒

它不惧天涯海角
也不惧万丈深渊
哪怕是石头的一丝缝隙
也能顽强地穿透过去

啊,我是如此深爱
这个充满梦想和激情的春天!
我愿沉睡在它的怀抱
积聚饱满的力量
在某一个成熟的日子
突破重重黑暗和桎梏
发出一声呐喊——
惊天震地

忘不了

忘不了
那充满生机、美丽的校园

忘不了
校园里芬芳四溢的香花树

忘不了
第一次戴上红领巾的骄傲

忘不了
第一次犯错时的羞愧难当

忘不了
那多姿多彩的青涩的梦想

忘不了
那如骏马奔腾的无拘无束

忘不了
那四处飞扬的清脆的笑声

忘不了
校园背后连绵青翠的山岭

童年篇

忘不了
山边那条清澈欢快的小溪

忘不了
院子里那棵郁郁葱葱甜蜜的龙眼树

忘不了
家门前不远处那块青草茂盛的"游乐园"
我们常常在那里玩捉迷藏和踢足球
直到妈妈充满炊烟味的喊声传来
我们才依依不舍地相约下次再来

呵!忘不了
忘不了童年的一切一切
就像大海边浮现的海市蜃楼
虽然是那么的清晰、生动
仿佛触手可及
可是伸手却怎么也捉不住它
但它的影子
却永远倒映在我的心湖上

记忆中的春天

记忆中的春天
没有雨
只有灿烂的阳光

阳光下
一群活泼可爱的孩子
在绿色的草地上嬉戏着
在缤纷的花丛中追逐着
在陡峭的山岭上流连着
捕捉那嗡嗡歌唱的蜜蜂
追逐飞舞的斑斓的蝴蝶
采摘那鲜美的"红通通"
"山稔""酸咩咩""乌蝇屎"……
快乐的笑声响彻九霄云外

看,那树枝上探出头来的
一个个可爱的裹着绿衣的小宝宝
在乍暖还寒中颤抖着
听,那自由飞翔的小鸟
洒下一串串婉转欢快的歌声

那沉睡了一个冬季的蛙鸣
迫不及待地、争先恐后地
奏响了绿潮汹涌的春天交响曲

呵！记忆中的春天
童话般的春天
当年爱笑爱幻想的那个小女孩
如今已长成一个不露声色的女人
每当愁雨如帘，伤痛复发
她就会变成童话里的小公主
陶醉在那如画如梦的春天里
笑着，哭着
不管岁月是多么的漫长
不管命运是如何的变幻
它永远是不变的、最美的风景
给她带来无比的温暖和快乐

故事

有一段故事
像夏天晴朗的夜空
遥远而灿烂

它的情节简单明了——
一个小女孩迎着霞光万丈
自信地奔跑在
充满阳光、鲜花的平坦的大道上
辛勤的汗水收获硕果累累

它的主角个性生动鲜明——
像个男孩子
有雄鹰的姿态
野马的桀骜不驯
还有五颜六色的梦想
最是那清脆、纯净、火热、闪亮
风一般自由的笑声
尽情地飞扬在每一个留下的足迹

呵！无法忘怀
这属于春天的故事
它的每一个细节，每一个画面
都深深扎根在我记忆的土壤
每当忧愁的云朵飘过我的心空

它就像黎明的朝霞一样照耀着我
使我浑身顿时充满力量
我仿佛又变回了原来的那个野丫头

我深爱着这个地方
——谨以此诗纪念童年的校园英红"茶中附小"

我深爱着这个地方
那里，是我童年的摇篮
那里，有我美丽的难忘的校园

那里留下的每一个脚印
都盛满了清脆和甘甜的笑声
那里洒下的每一滴汗水
都闪耀着青葱和绚丽的光彩
那里绽放的每一张笑脸
都那么的亲切、热情和纯真
那里的花草树木山山水水
在我脑海依然是那么生机盎然不曾改变

呵！那里的点点滴滴
一切一切
都深深地烙在我的脑海
仿佛昨日经过的那个春天
依然芬芳四溢

我深爱着这个地方
就像深爱着自己
每当想起它
我的眼里便蓄满了泪水
假如有一天
我生命的脉搏不再跳动
请把我安葬在这片曾经火热的土地里吧
我将长成一大片翠绿茂盛的藤蔓
开出一朵朵火红、芬芳馥郁的花
裁成一件美丽的衣裳
馈赠给这片曾经养育过我的土地

我深爱着这个地方
爱那响亮、亲切的读书声、铃声和笑声
爱它的一切一切
爱到亘古不变

人生哲理篇

在人生的轨道上
我从跳跃的青春
渐渐驶入平稳的秋季

弃食

昔日,米饭
在穷苦百姓的眼中
是一颗颗晶莹洁白的珍珠

如今
却被一些站起来的人
随意丢弃在肮脏的垃圾堆里
忘记了从前
他们的祖先跟尘埃一样轻

陷阱

这个世界
潜伏着许多肮脏
充满血腥味的陷阱
它们表面上覆盖着绿油油的小草
开满了五彩缤纷的鲜花
一颗颗熟透的野果散发着诱人的香味
暗地里,它们张着血盆大口
一颗颗利牙早已磨得闪闪发光
只等那些天真、善良的猎物
自投罗网
美美地饱餐一顿

光

当你的世界陷入一片黑暗
你是多么的绝望和渴望
犹如一头濒临死亡的困兽
假如此时
有人轻声呼唤你
把手伸向你
温柔地抚摸你的伤痕
你会感到有一股无比巨大的力量
——如黎明的第一缕曙光
瞬间点燃你眼睛的火焰
浑身的血液沸腾起来
你一下子站起来
冲出牢笼
向着太阳升起的地方
飞快地奔去

流言

如果你竖着耳朵听它
它就是一把杀人不见血的
锋利无比的刀
刀刀命中你的心脏
让你痛入骨髓，疲惫不堪
甚至被它杀死
而法律却说你死于自杀
心理学家说你死于心理障碍
凶手窃笑着逍遥法外

如果你当它是耳边风
它就像雪花飘落在燃烧的火炉里
瞬间融化
消失得无影无踪

或者，你可以把它当成风浪
你是一个掌舵的水手
风浪越大
只要方向正确
你的帆船就漂得越高越快
更快到达梦想的彼岸

窗

是谁孤独地躲在
黑暗的角落里哭泣
是因为
找不到童年的小径
还是因为
没有收获播种的玫瑰
……

嗨,亲爱的朋友
从噩梦中醒来吧
别让青春的土壤
杂草丛生,开不出
斑斓的花朵

伸出你的双手
推开那尘封已久的心窗
让温暖的阳光晒干泪水
让清新的空气送来花香
擦去所有的灰尘
让眼睛变得明亮
抛去所有的垃圾
让心灵变得轻松
驾着春风的翅膀
翱翔在广阔的天地间
看尽那天下无限风光

爬山

当我从昏睡中醒来
发现自己
在崎岖的半山腰
气喘吁吁地攀爬着
双手已渗出了鲜血

望着高耸入云的山峰
我犹豫着是否该继续往上爬
还是返回山下
乘着快马驰骋在平坦辽阔的草原上

当拈花惹草的蝴蝶得意扬扬地飞过
当满载而归的蜜蜂冷嘲热讽地路过
我仰天大笑
我拥有一双无比强大的翅膀
岂是尔辈能比
我要飞到那最高最险的山峰
去看那最辽阔最壮丽的风景
去采摘那天上的星辉和月光
哪怕跌入万丈深渊也无怨无悔

朋友

当灾难降临时
昔日前呼后拥的朋友纷纷逃离
只剩下我独自一人漂泊在生活的海洋
像一只被人遗弃的丑小鸭
蜷缩在阴暗、冰冷的角落里
哀泣、彷徨
曾经充满笑声的友谊的圣殿
轰然倒塌
变成一片废墟,寸草不生

然而我不相信
那曾拥有的纯真的友谊是虚假的
多少次把火热的心交给别人
却换来一次又一次失望
心,一次次流血,破碎
只好把自己锁在心房
苟且偷生
我以为我就这样孤独下去

直到有一天你笑容的出现
仿佛一朵洁白无瑕的莲花
照亮我阴暗多年的心空
使我冰冷的血液重新沸腾起来

使我凋零的春天又重新盛放
感谢世界还有一个你
让友谊的神话得以流传

亲爱的朋友
只要你给我一点点真诚
我就会还你百倍的热情
如果你是一个追求真善美的人
我就会捧出金子般的心给你

如果有来生

如果有来生
我愿做一棵默默无闻的小草

不浓妆艳抹
不好高骛远
不惹人注意
不遭人非议
不取悦于人
简简单单地思考
简简单单地生活
把自己融入到草的海洋中去

每天,和它们风餐露宿,唱歌跳舞
一起抵御风霜雪雨的侵袭
夜晚紧紧地拥抱在一起
互相取暖,说着知心的话儿
哪怕没有星星月亮也能甜甜地做个美梦

一棵草,无异于一滴水
可是只要它融入到广阔的集体中去
它就具有强大的生命力

如果有来生
就让我做一棵默默无闻的小草吧
默默地生
默默地奉献一抹绿色
默默地枯萎
平凡而幸福
脆弱而不懦弱

人生哲理篇

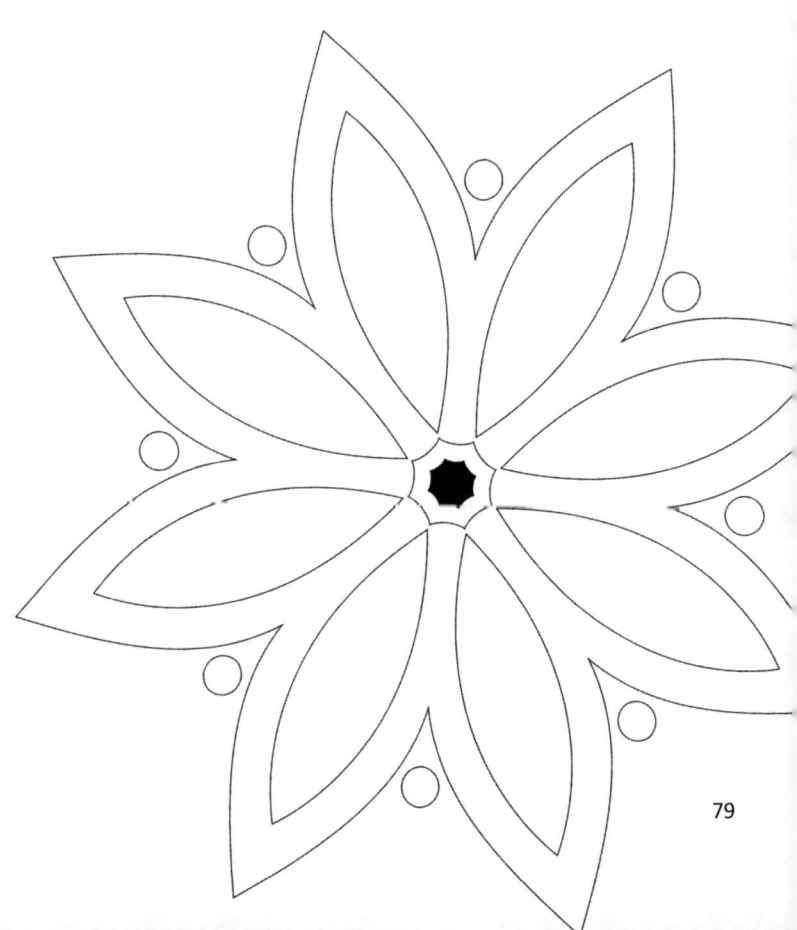

背着太阳的人

一个人跋涉在冬夜里
前进的道路没有星星

一颗沉甸甸的种子
风不知道吹向何方

鲜血、汗水,仿佛明亮的灯
孕育着阳光和绿色,灿烂而蓬勃

一次次跌倒,又一次次站起
生命不息,脚步不止

耽误的韶华
青春又回来了

大地凝固的血液重新流动
种子击碎黑暗和冰冷

风暖暖地吹
长出了星星、月亮
还有太阳

永不放弃

永不放弃
当金色的梦想
徘徊在黑夜的边缘
点燃自信的火炬
照亮迂回盘旋的道路
哪怕总是跌得伤痕累累
也要一次又一次站起来
相信黑暗过后
会迎来一片属于自己的
蔚蓝的天空

永不放弃
当金色的梦想
被邪恶的魔鬼威胁
高扬正义的旗帜
以真、善、美的信念为武器
与之展开坚忍不拔的搏斗
用鲜血去滋养梦想的根脉
那么
梦想就会穿越层层黑暗
高高托举出一朵圣洁、璀璨之花

永不放弃
就不是人生的弱者
永不放弃
就是人生的至高意义

幸福

幸福
是充满期待的眼睛里
迎来的第一声清脆的啼哭

幸福
是辛勤的汗水换来的
一本本沉甸甸的荣誉证书

幸福
是当你十分疲惫的时候
美美地在席梦思睡上一觉

幸福
是中华人民共和国国歌
在异国的上空雄壮地响起

幸福是一种美、善意义的精神享受
有人说找不到幸福
其实幸福就隐藏在你身边的小事中
在你的一举一动中
哪怕是一分钱的赠予
一个善意的微笑

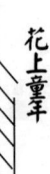

一声亲切的问候
幸福
就会不知不觉地挂在你的脸上
阳光般灿烂

把幸福传递给别人
你才会拥有更多的幸福
世界才因此变得更加和谐与美丽

生命的告白

在人生的轨道上
我从跳跃的青春
渐渐驶入平稳的秋季

岁月的篮子里
装满了酸甜苦辣
时间,这一冷血杀手
在它经过的地方
灿烂的笑声纷纷凋谢
青葱的故事瞬间衰老
但,我是快乐的
因为我的梦想在渐渐长大

生命如此短暂
回首我走过的路
我骄傲我是丰满的
丰满的快乐,丰满的伤痕,丰满的斗志

浩瀚的宁宙
人,是多么的渺小呵
然而人,又是多么的强大

征服了一座又一座科学高峰
创造了一个又一个伟大奇迹
使人类文明不断从低级向高级发展
古往今来
多少英雄志士
耗尽毕生的精力和热血
积极探索创造无限的精神之光
把历史的长空点缀得星河般璀璨

我不惧怕死亡
我惧怕的是生命的空白和腐朽
哪怕是昙花一现，或流星飞逝
也绝不苟且于碌碌无为

我要展开钢铁般的翅膀
穿越地狱般熊熊燃烧的火焰
飞越那一望无际波涛滚滚的大海
去寻找那盛开真善美之花的地方

青春的思索

不要总是呆在屋里
不知疲惫地用一双长满老茧的手
耕耘一行行诗意的秋色
让堆积的日子压弯你挺拔的脊梁
让阴暗的光线遮挡你辽阔的视野
人,不能总是不停地奔跑
适时地歇一会儿才能跑得更快更远

生活,只要你愿意寻找
到处都充满了诗意和快乐

到绿色的田野去
去呼吸新鲜的空气和野花的芳香
让紧绷的心灵跟随美丽的蝴蝶一起舞动

到险峻陡峭的山峰去
去看那一望无际、雄伟壮观的无限风光
让清凉甘美的山泉浇灭心中的烦躁

到陌生的异国他乡去
摘下面具,闲庭信步,敞开真诚的心扉
让翱翔的翅膀抖落一地的沉重

到繁华热闹的大商场去
买几双时髦的高跟鞋
买几套高档时尚的衣装
再买对高贵典雅熠熠生辉的耳环
让自己从内到外闪耀着青春炫丽的光芒

青春是一首激情洋溢、热情奔放的诗
读起来令人热血沸腾、浮想联翩
青春是一曲气势磅礴的黄河大合唱
唱出黄河咆哮的气势和万马齐喑的壮观
青春是一瓶诱人的烈酒
芳香四溢，苦辣中渗着甜味
容易让人丧失理智，陷入幻境
劝君莫贪杯
不要醉倒在荒芜的路上而空悲叹

感恩

感恩是一种善
一种美德,一种正能量
这个世界应该充满着感恩

帆船应该感恩浪花
是浪花载着它抵达太阳升起的地方
浪花应该感恩狂风
是狂风赐予它无比的威力和壮观的风采

山峰应该感恩道路
是道路把笑声和诗意送到它的身边
道路应该感恩人们
是人们用汗水、鲜血和智慧把它开拓出来

我们应该感恩黑夜
它使我们看到星星的光芒、月亮的皎洁
一次次的跌倒和流血
让我们更加接近真理的黎明

有付出才有回报
有回报理应感恩
有感恩才会源源不断地得到回报
我们应该感恩一切事物
只有这样，世界才有轮回
也有，回馈

自我篇

坚信终有一天
我的心会赐予我神奇的力量
让我的梦想长出火凤凰的翅膀

希望

曾以为
投入门缝里的一缕阳光
是那么的温暖
于是欢快地把门打开
以为
会迎来一个明媚的春天
谁料
那竟是秋季里的最后一缕阳光
从此不再相信
鲜花的微笑
绿叶的招手
只希望
在冰冷的天地
拥有一脉沸腾的血液
驾着梦幻的翅膀
追逐风的快乐
寻觅星的光芒

沉默的火山口

沉默多年
很多人都以为我死了

小草弃我而去
花儿不再为我装扮

布谷鸟再一次唱响
快乐而宏伟的春天交响曲
唯有我,孤独地沉默着

我冷眼看着蚂蚁般的人群
吐一口水,也能淹死那些
桀骜不驯的人

从来没有怀疑过自己活着
而且深信
一定还有人相信我活着

每天我一点一点地积聚热量
忍受着地狱之火的焚烧
痛并快乐着

我的血液流得越来越快
温度越来越高
我的心灯也越来越明亮

我坚信不久的将来
世界将一一重现
我也激情澎湃地
复活

面具

在奔跑的路上
沿途总有一些戴着面具的人
他们的眼睛闪着兽性的光芒
紧紧盯着我
仿佛要从我身上找出什么破绽
嘴里不停地嘀咕着
像唐僧念紧箍咒一般
让我无处可逃
让我几乎窒息

幸而我有一颗纯洁火热的心
顽强地跳动并生长着梦想
不像他们的心是冰冷的
流着黑色的腐臭的血液

坚信终有一天
我的心会赐予我神奇的力量
让我的梦想长出火凤凰的翅膀
载着我飞出重重包围
飞到鸟语花香的春天
沐浴在灿烂的阳光下

走出雨季

记得那一年花季
我丢失了原来的我
从此,我的世界雨下个不停
我从春天走到冬天
又从春天走到春天
年复一年
却总是走不出那迷雾封锁的雨季

无数次
躲在阴暗的角落里哭泣
无数次
徘徊在寂寞的十字路口
无数次
梦里苦苦寻觅凄厉呼唤
茫茫人海呵
谁,才是懂我的人

雨一直在下
不知什么时候才停
我没有伞,也无法躲避
任凭它鞭打着我的全身
朦胧中耳边响起一串串遥远的

自我篇

清脆、纯真、自信的笑声
霎时间
心底的火焰熊熊燃烧起来
我突然感觉自己变成了巨人

我一路高歌前行
那些野兽、荆棘、鬼怪纷纷逃离
我一边走一边播种阳光
渴了就喝一口苦雨
饿了就吃几颗野果
累了就站着睡一会儿
醒来继续前行
我相信当阳光发芽并不断茁壮
它将照耀着我走出徘徊多年的雨季
迎来一个崭新的、蔚蓝色的天空

灰色的行走

一个人走在
灰色的天空下
看不见鲜花的微笑
听不到流水的欢唱
犹如僵尸般行走，行走

一个人走在
灰色的天空下
没有寻找
也没有方向
恍若梦游般行走，行走

时光飞逝
蓦然回首
绿叶已渐渐褪色
童音在遥远的天际，回荡

曾经破碎的心告诉我
永远不要把希望交给别人
永远不要去听别人说什么
走自己想走的路
相信自己
相信灰色只是短暂的
太阳的光辉闪耀在滴落的汗珠上

假若

假若
我是一棵默默无闻的、孱弱的小草
我不会自卑
因为这个世界到处是我绿色的风采

假若
我是一朵寂寞的、没有芳香的野花
我不会自怜
因为这个世界有我自由、奔放的美

假若
我是一只受伤的、孤独疲惫的雄鹰
我不会自弃
因为我知道坚忍我就会再一次腾飞

假若
我是一滴小小的、没有光彩的水珠
我不会哭泣
因为我的生命将融入那澎湃的浪花

假若
我是一叶飘摇不定的、残破的孤舟
我不会彷徨
因为我将朝着太阳升起的地方驶去

假若

我是一片枯萎的没有脉动的冬叶

我不会绝望

因为我将成为树的血液

孕育下一个崭新、更加美好的春天

青春

青春是一首歌
一首激昂奔腾的雄伟之歌
唱出对大海的无限追求

青春是一棵树
一棵挺拔坚韧的参天大树
任那冰风如刀也砍不倒

青春是一只鹰
一只健壮桀骜的勇猛之鹰
志在征服那壮丽的巅峰

青春是一朵花
一朵热情如火的峭壁之花
绽放那自信孤傲的风采

假若我的青春
是一颗流星
在某一个时刻
划过黑暗、冰冷
为某一个人
或这片神圣的大地
奉献自己最灿烂的光和热

那么，我孤独的灵魂
一定会绽放最美的笑容

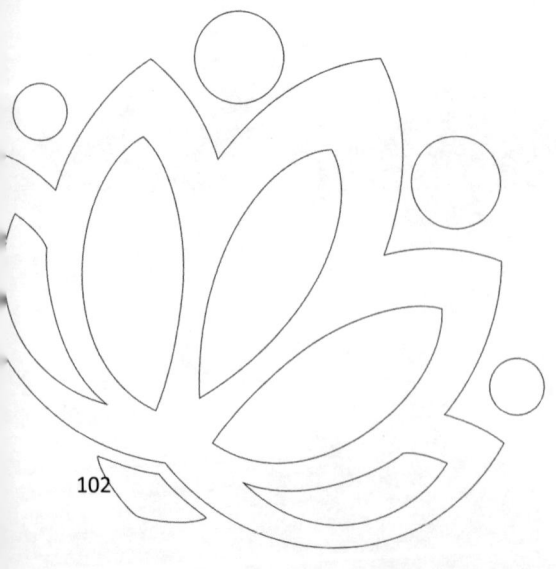

笔里的灵魂

蔚蓝如洗的天空下
一只雏鸟欢快地歌唱和飞翔着
那时,世界是多么美好呵
万物对它笑脸相迎
绿树伸出手臂揽它入怀
世界为它而存在
它如众星捧月
梦里也发出甜美的笑声

当某一天它从美梦中惊醒
发现世界已不是原来的世界
它的面孔扭曲甚至有些狰狞
它的目光冷漠阴险缺少阳光
它的笑容很美但纯金度不高
它的华丽外衣下
隐藏着肮脏、破洞和吃人的陷阱
曾经晶莹剔透的心
被轻而易举地击得粉碎
灵魂躲在阴暗角落的一支笔里偷生

某一天我突然在我的笔迹里
发现了苍老和病恹恹的它
我发誓一定要拯救它
我把阳光送给需要帮助的人
在篮球场上尽情地挥洒汗水
在绿色的菜园里辛勤地耕耘
……

我相信，不久的将来
它一定会变得龙飞凤舞、神采奕奕

它还活着,它就没死

那一年,花蕾才轻启几瓣
阳光和赞美声包围着它
它沉醉在甜蜜的幻想中

或许,是太美好了
触怒了命运之神
一夜之间它从快乐的天堂
跌入痛苦的地狱
从此黑夜降临它的世界
幸而有一颗星星照亮它的心空

没人欣赏就自我欣赏
没人鼓励就自己敲锣打鼓
虽然前方是漫无边际的黑暗
但它的内心充满了自信的光芒

它的根顽强地扎入泥土的深处
使自己的枝叶不断粗壮繁茂
就算台风也无法撼动它的执着
等到云开日出的那一天
它宛若一个白衣飘飘的仙女
在一片翠绿中绽放光彩夺目的笑容

昔日安逸的人群骚动了
他们像喝饱了醋的苍蝇一样
红着眼睛窃窃私语——
它还活着,它没死

我愿

我愿是悬崖边的古松
虽然饱经沧桑
却始终不改刚强、正气的姿态

我愿是冰山上的雪莲
虽然寂寞千年
却始终绽放圣洁、清丽的风采

我愿是石缝里的种子
虽然环境恶劣
却突破重重阻力长成一个春天

我愿是搏击长空的鹰
虽然屡战屡败
却始终没有放弃飞向巅峰的梦想

我愿是黎明前的流星
纵然黑暗即逝
也毫不犹豫地奉献所有的光和热

我愿我的生命每分每秒都精彩
我愿我的生命燃烧得轰轰烈烈
直至化成骨灰
和泥土融为一体
滋养着祖国大地万物的勃勃生机
那是我最快乐的归宿

我的路

一条路,被时光抛弃了许多年
却依然春色蓬勃
那里是通向快乐和梦想的起点

一条路,平坦宽阔,洒满阳光
却突然峰回路转
没入阴暗、白雪皑皑的山林深处

一条路,濒于悬崖之边
却又柳暗花明又一村

一条路,反复奔波多年
却始终找不到入口
……

我的路是孤独丰满而柔韧的曲线
每收获一块疤痕
我的血液就会更加沸腾
我要穿越黑夜的尽头
抵达梦中雄伟的巅峰
而我则由蚕蛹蜕化成蝶
飞舞着斑斓的翅膀
迎接那无比壮观的旭日

我的缺陷让我充满希望

我是充满缺陷的
所以我充满希望

我希望我迷醉和混浊的双眼
能看清鲜花的诡秘与虚伪

我希望我胆怯和嘶哑的喉咙
能喊出洪亮的正义的声音

我希望我慵懒和缺钙的四肢
能经受各种磨难日益刚强

我希望我堵塞而迟钝的耳朵
能辨清美丑与是非的声音

我希望我麻痹和肮脏的鼻子
能嗅出芬芳与纯洁的方向

最重要的是
我希望我潮湿和阴暗的灵魂
能够像蔚蓝天空的鸟儿一样
展开轻盈亮丽的翅膀
快乐自由地飞翔和歌唱

还有我的五脏六腑
我的全身的每一寸肌肉
每一根毛发和每一个细胞、毛孔
以及我的千万条鲜红的血液不息流淌的脉管

啊！我的一切一切
都在灰色的外在与内在
一秒不停、毫无相让的争斗中
在白天与黑夜不断的颠倒中
渐渐病态、衰老
无法正常运转和代谢
加速走向死亡

我渴望遇上一场爱情的春雨
让我一夜间焕发蓬勃的生机和力量

我知道我是充满缺陷的
但我又无时不充满希望
坚信自己，坚信光明
总有一天
我会像童话故事里说的——
从一只丑小鸭蜕变成一只美丽、高贵的白天鹅

祭奠我的死亡

我死了。就在昨天
在一场蓄谋已久的暴风雨中
那个狂傲而又自卑
喜欢咀嚼痛苦的我
死了

像一个作茧自缚的蚕
经过七七四十九天的锤炼后
终于蜕变出一个崭新的我：

我的眼睛从未如此的锐利
看得见有形之中的无形

我的耳朵从未如此的清晰
听得出阳光背后的话语

我的鼻子从未如此的灵敏
闻得出丑恶的蛛丝马迹

我的心灵从未如此的平静
台风也吹不起一丝涟漪

我的歌声从未如此的深沉
唱得出真正的自信和自由

我的脚步从未如此的轻松
大步迈向更加美好的未来

呵,我越来越完美,越来越成熟
为此我感到幸福和骄傲
我必须为死去的我
干杯庆贺!
感谢它给了我新的生命
我会每天为它烧香拜佛
超度它的灵魂
以免它死灰复燃

暴风雨你来得更加猛烈吧!
最好让我彻彻底底地死去
而获得永生

工作篇

像破茧而出的蝴蝶重新飞舞
自由缤纷的生命
向着那真善美的梦想
执着地飞去

警花颂
——献给女子监狱的警花们

在无数竞相争奇斗艳的花中
它显得是那么的朴实无华
没有艳丽的色彩
没有娇柔的妩媚

然而它有一种干净、宁静的美
像天空一望无际的蔚蓝

然而它有一种骨子里的阳刚美
像寒冬腊月里熊熊燃烧的红梅

然而它有一种纯洁、高贵的美
像一朵盛开的白莲出淤泥而不染

还有它独特的香气
可以催人入眠，驱蚊虫和避邪

它是什么花，它就是花中木兰
——警花
它是光明、正义的天使
是邪恶、丑陋的克星
它化腐朽为神奇，化罪恶为真善美

呵！警花，在我心目中
你是世上最美的花
像一颗温暖、闪烁的星星
照亮冰冷、阴暗的心空
指引迷途的孩子重归真理的大道

她们就是——监狱人民警察

曾几何时
那亭亭玉立、娇艳怒放的生命
跌入罪恶腐朽的深渊
无法自拔
也曾痛苦、挣扎、绝望
干裂的双手伸向禁锢的天空
祈求一线阳光
渴望一滴露珠

是谁,用甘甜的话语
滋润它们枯萎的灵魂
是谁,用坚毅的双手
把它们拉出黑暗冰冷的深渊
是谁,点燃那光明正义的心灯
照亮那无数个漫长的冬夜
用全部的精力和热血
苦心栽培枯萎的生命

于是从干涸的脉搏
听到流淌并日益沸腾的血液
终于有一天
它们用辛勤纯洁的汉水
融化了锈迹斑斑的枷锁
像破茧而出的鲜艳的蝴蝶
重新飞舞自由缤纷的生命
向着那真善美的梦想
执着地飞去

是谁,演绎着这从死亡到新生的奇迹
她们就是——
监狱人民警察!

荒漠之花

一片阴郁的沙漠
阵阵冷风夹着腐烂的腥味
太阳不再冉冉升起
月光和星辉被愁云封锁
一切美好向往瞬间凋谢
所有灵魂期待渐趋死寂
苦涩成干涸 听不到声息
枯萎中布满血色荆棘

有一群人
秉持着正义之剑
刺向黑暗的深渊
每一个等待救赎的灵魂
每一次刺破腐烂的脓疮
历经人性的唤起
荒漠始作土壤
开垦者额头的那颗汗水
映射着五星红旗的鲜艳霞光

是耕作者
与曾经的罪恶对话
深翻起盐碱沼泽
寻求恢复爱的养分
善的执着
泯灭的人性逐渐蠢动
多少次斗智斗勇的较量
多少次夜深人静的思量
多少次辗转反侧热泪两行
多少次沁人心脾散发芬芳
无数个日日夜夜
融化了多少冰霜之心
唤回了多少迷途羔羊

而今放眼望去
曾经的荒漠 灿烂葱茏
置身其中
泉水雀跃 鲜花斑斓
其间有一种素颜的花
在花丛中并不起眼
但那是在警徽上绽放的娇艳
用誓言谱写着平凡的庄严

廉洁之赞

你是一朵出淤泥而不染的莲花
因洁白而芳香
你是一株濒临悬崖之边的青松
因正气而挺拔
你是一把锐利无比的正义之剑
让妖魔鬼怪闻风而逃

你敢于劈开重重黑暗
把光明带给人间
你敢于斩断层层荆棘
为人民铺出一条康庄大道
你敢于和邪风恶浪拼搏
为正义之帆扬起前进的正能量

谁也打不败你
因为你作风正派,文明公正
因为你执法严格,毫不枉法
因为你政治坚定,毫不动摇
因为你品德崇高,两袖清风

啊,廉洁!我要赞美你
你不惧流血牺牲,始终保持斗志昂扬
你不惧歪风邪气,始终保持高风亮节
你不惧一无所有,始终保持洁身自好

你不惧黑暗势力,始终战斗在最前方

啊,廉洁!
你就像太阳一样光芒万丈
啊,廉洁!
你就像钢铁一样坚不可摧
谁与你背道而行
谁将堕入万丈深渊
人民永远爱戴您
您的故事将流芳百世、万古长青!
让廉洁之风吹遍世界的每一个角落
让世界充满阳光,充满清新的空气!

最可爱的人
——献给春节期间坚守一线的人民警察

鞭炮声声
烟花阵阵
在万家灯火，举国欢庆的日子里
你们默默地选择了坚守

谁说你们的心肠如铁一般坚硬
谁说你们的眼里没有思念的泪花
可是，可是——
为了母亲的微笑和大地的安宁
你们怀揣一颗忠诚之心
拒绝觥筹交错的诱惑
舍弃天伦之乐的温馨
站好每一班岗
用一双警惕的眼睛
穿透那层层的迷雾
时刻搜索着异常的动向
用一颗不倦的恒心
持续涤荡那一个个曾经污浊的灵魂
奏响了一曲奉献与大爱之歌

你们是幸福的
因为党和人民把重任托付于你们厚实的臂膀
你们是可亲的
因为你们冷静的内心依然有着火一般的情怀
你们是崇高的
因为你们时刻俯视着一切腐朽、黑暗和危险
纵然一刹那间
如流星般消逝
依旧不改那坚毅的脸庞

节日篇

五月的空气
弥漫着浓浓的粽香味
五月的汨罗江
奔腾得更加汹涌澎湃

乡村的清明节

如今乡村的清明节
流不出悲哀的眼泪

一辆辆轿车
从城市的高速公路涌向乡村
像一头头笨拙的牛缓缓地在小道上爬行
最终停泊在高耸陡峭、草木繁茂的山脚下
或荒凉偏僻的田野边

从车上涌下一群衣着时尚的男女老少
老的满脸皱纹,小的穿着开裆裤
年青的扛着锄头,挑起满满的思念和虔诚
山路依然那么崎岖
而鸟儿唱得那么欢
脚步也不那么沉重

敬爱的列祖列宗
您的亲人来看望您了
给您锄锄草、修修土
上上香、烧烧纸
叩叩头、敬敬酒

节日篇

陪您说说贴心话
谈谈您那永远不老的往事
还有许多甜蜜的消息告诉您
希望您九泉之下感到温暖和欣慰

点燃那一串串火红色的鞭炮
如声声礼炮，如落英缤纷
做最后的告别
亲人呵，您安息吧
我们永远铭记您的嘱托和教诲
亲人呵，您放心吧
我们将用勤劳的双手创造更多美好
亲人呵，也请您保佑
家乡的庄稼年年丰收
楼房盖得越来越高
农民的日子越过越红火
再见了亲人，明年再聚

写给母亲的一首诗

亲爱的妈妈
今天是您的生日
我没有昂贵的礼物送给您
就让我为您写一首诗吧

从小到大
您就像太阳一样
围绕着我们不知疲倦地旋转着
赐予我们无比的温暖和力量

每当暴风雨袭来
您为我们撑起一片蔚蓝的天空
自己却被压弯了腰

每当我们迷失在烟雾或黑夜里
您总是第一个站出来,高举明灯
照亮我们前进的方向

每当夜深人静时
我们和世界早已进入甜甜的梦乡
您却独自在幽暗的灯光下
编织着母爱,缝补着希望

节日篇

呵！妈妈
您一辈子为我们做牛做马
任劳任怨，不求回报，
舍不得吃好穿好
却把最好的毫无保留地给予了我们
呵护着我们茁壮成长
给了我们一个躲避风雨的温馨港湾
呵！妈妈，您是多么的伟大呵
我们该怎样才能报答您的恩情

时光飞逝，几十年过去了
岁月的风霜把您雕刻成深秋的模样
您却收获了沉甸甸的笑容
您说您的心永远不会老
我相信这不是一个童话
妈妈，您放心吧！
我们真的已经长大了
不会再让您泪流

端午随想

五月的空气
弥漫着浓浓的粽香味
五月的汨罗江
奔腾得更加汹涌澎湃

遥想当年江边
那个眼神绝望
伸出双手砸向苍穹
苦苦问天
孑然徘徊的屈子
惊天地泣鬼神的一跳
从此,汨罗江就再也没有平静过

他的血肉和骨骼化成了江水
赋予了汨罗江不息的生命力
他的灵魂的根须
牢牢扎进炎黄大地的深处
不断向四面八方延伸、扩展
历经两千余年日晒雨淋、冰冻三尺
而不朽,愈加生机盎然

节日篇

每年的五月
有一种洁白芬芳,傲然挺立的花
在姹紫嫣红中
如黑暗中的夜明珠
笑得最美也最灿烂
一团团,一簇簇
开满祖国大地的每一个角落
我仿佛看见
屈子在花丛中笑得那么舒畅

赠给儿童的诗

你是春天一瓣探出头的绿芽儿
对世界充满了好奇与幻想

你是天空一只奋力飞翔的雏鹰
对山峰充满着渴望与敬畏

你是荷叶丛中那朵羞涩的花蕾
是那么的洁白,一尘不染

你是拂晓枝头一只活泼的小鸟
叽叽喳喳地歌唱着快乐与自由

你属于朝露里五彩的阳光
你属于阳光下金色的梦想
你属于绿色草地上的笑声
你属于笑声里飞翔的自由

呵!你是世上最可爱的小精灵
世界因为有了你
才更加充满生机和希望
我们虔诚地为你祝福
健康、幸福、快快地长大
早日成为祖国的栋梁

父亲的故事
——献给我可敬的父亲

父亲,是高大的
父爱,是伟大的

父亲用军人炼成的钢铁般的臂膀
扛起了一个平凡而幸福的家
儿时的我是父亲的掌上明珠
父亲是我的一匹忠实的老马
我总喜欢在马背上挥剑驰骋
后来,父亲穿上了橄榄绿
走上了一条与人间地狱打交道的阳光大道

他常常踏着梦中的露水而出
披着银色的轻纱或雨帘而归
他把毕生的精力和热血
投入到黑与白、美与丑的暗中较量中
在生与死的枪口下
把一颗颗垂死挣扎的灵魂从地狱门口拉回

日子一天天堆积如山
父亲的荣誉证书也堆积如山

然而人情关系网作为一个传统的优势
与清正廉洁是绝缘体
有的人不择手段青云直上
老实巴交的父亲却一直原地踏步
但他从不抱怨，只知道默默耕耘
像一头憨牛
吃的是草，播下的是金秋

岁月摧残着青春和生命
却摧残不了父亲心中的那份执着
当他圆满地完成最后一次任务
脱下心爱的警服
是那么的不舍，又感到如释重负
因为——
他向党和人民交上了一份满意的答卷

呵！父亲
虽然您没有丰功伟绩
但您的正直、善良和诚实
您的勤勤恳恳、任劳任怨
有目共睹，日月可鉴
您是我人生的楷模
我永远爱您——
平凡而又伟大的父亲

敬礼
——献给八一建军节

仰望着
蔚蓝天空下
那高高飘扬的
鲜艳的五星红旗

我仿佛看到
那硝烟弥漫、炮火纷飞
血流成河的战场
仿佛看到了
那一个个奋不顾身
前仆后继的英勇的战士

仿佛听到了
枪声、炮声、飞机声、拼杀声
机关枪扫射的声音
满地的痛苦的呻吟声
还有那一声声冲锋陷阵的
嘹亮的号角声
……

不知不觉

泪，潸然而下

我默默地挺胸，立正

凝视着

那面用无数英雄烈士鲜血染红的旗帜

恍然看见他们欣慰的笑容

缓缓地，举起右手

庄重地，敬一个礼

久久，没有放下

这一天

这一天
是无数英雄志士的鲜血熔炼而成的

这一天
沉睡了五千年的中国巨龙开始腾飞

这一天
太阳冲破漫长的黑夜,驱散茫茫雾霭
投射出万丈金光

这一天
祖国母亲擦去了饱经沧桑的泪水
露出了凝固已久的灿烂的笑容

这一天
五星红旗飞扬在世界每一个有同胞的地方
掀起红色的狂风巨浪

这一天
东方巨人吹响了新时代的号角
引领中华儿女凝结一心
共同迈向和平、富强、文明的新天地

呵，这一天！
火热的笑声在祖国四面八方沸腾
放飞的鸟儿叫得那么欢畅
霜打的花儿开得更加艳丽
黄河、长江咆哮得更加汹涌
那是烈士的英魂们在欢呼，在欢唱！

呵，这一天！
深深地，深深地烙在中国人民的心上
在人类历史的天空
永远闪耀着璀璨的不可磨灭的光芒

喜迎国庆
——庆祝中华人民共和国成立六十七周年

让我们敲锣打鼓
高唱颂歌
翩翩起舞
喜迎我们伟大祖国成立六十七周年
如今的祖国强大稳定人民安康

看——
那一座座高耸入云的摩天大厦
犹如一根根坚固的铁柱顶着天空

看——
那纵横交错的穿山甲般的地铁
潜入祖国的胸膛闪电般穿行

看——
那一条条巨龙一般腾飞的高铁
　从祖国的四面八方驶向远方的梦想

看——
　那神舟五号载人飞船遨游太空
"蛟龙"号载人潜入深海七千余米
展示了祖国在太空和深海领域的辉煌成就

让我们吹起喇叭
高唱颂歌
飞龙舞狮
喜迎我们伟大祖国诞辰六十七周年
华夏儿女都在期盼这神圣时刻的到来

听——
那哗啦啦五星红旗胜利飞扬的赞歌声
那呼啦啦炎黄子孙无比自豪的欢呼声
那轰隆隆五湖四海汹涌澎湃的喝彩声
那笑呵呵五彩缤纷芬芳四溢的绽放声
……

嘘,让我们静悄悄地,屏着呼吸
去聆听时光之手
推开祖国生日的大门
就在那激动人心的一刻
让火红的鞭炮轰轰烈烈地响起来吧
让色彩斑斓的烟花照亮整个夜空吧
看炎黄子孙怎样把快乐的浪花洒遍全世界

明月 乡愁

秋色渐浓
月儿一点点丰满
镰刀般的忧伤
也渐渐疼痛起来

一双双憔悴而深情的眼睛
痴痴地遥望着远方
每当夜深人静
谁会怜悯
那一声声如哭如泣的呼唤
仿佛迷途的孩子在寻找回家的路

当月儿最圆的时候
此时此刻
有一股激情在血液里沸腾
记忆像突然打开了匣的洪水
奔涌而来
那无比熟悉和亲切的一景一物
传闻趣事和一张张生动
难以遏制的笑脸
在眼前不断闪现

呵亲爱的故乡
为了那还没有成熟的梦想
今夜我不能徜徉在您温暖的怀抱
贪恋您月光的温柔的抚摸和安慰
遥远的他乡
已端起一杯浓浓的乡愁

物 篇

像一颗即将消逝的流星
在埋进黑暗的泥土前
露出一个痛苦而闪亮的微笑

玉米

羞涩的少女
把闪亮、芬芳的胴体
紧紧包裹
只等梦中人
来挑开她的衣衫

而那一层层相思
高悬挺拔的秸秆上
迎着秋风
眺望

落花

你曾经如此灿烂和芬芳
惹得众多蝴蝶和蜜蜂为你晕头转向
假如大地失去了你
就像夜空失去了星星一样
你曾经也有过甜蜜的梦
梦见自己结了一颗硕大的果实
当轻佻的风吹捧你的时候
你笑得忘乎所以
一不小心
重重地跌落在坚硬的土地上
像一颗即将消逝的流星
在埋进黑暗的泥土前
露出一个痛苦而闪亮的微笑

老屋

老屋不知有多老了
泥墙上伤痕累累
弥漫着发黑的苔藓
屋内光线阴暗,散发着霉味
像一个风烛残年的老妪
皮肤长满了黑斑
目光黯淡无神
虚弱地躺在床上喘息着
仿佛一朵
随时都会熄灭的火焰
只有木门前的那一片翠绿
让人心里一亮
还有屋里时不时传来的狗叫声
让人感觉老屋还活着
此时,老屋像一个拄着拐杖
佝偻着腰、颤颤巍巍的老妪
站在村口,失神的眼睛望向远方
仿佛在渴望着什么
又仿佛在回忆着什么
在落日的余晖中
她的身影显得是那么的孤寂和悲凉

莲

不知哪来的一股恶风
把一颗种子吹到一片
肮脏和散发着腐臭的泥塘里
人们经过这个地方时
总是捂着鼻子或者谩骂几句
种子没有哭泣
它的嘴角露出一丝冷傲的微笑
默默地酝酿着一个宏伟的梦

黑暗紧紧地掐着它
让它几乎窒息
它顽强地挣扎着，不屈不挠
终于，一瓣嫩绿的梦发芽了
向着充满阳光的方向奋力挺进

当它冲出黑暗的桎梏
发现世界充满了喧嚣、尘土和丑陋
于是梦想的血液更加沸腾
暴风雨的鞭打、烈日的炙烤
只会让它感到兴奋和快乐
它迅速茁壮成长

如一把利剑笔直地刺向天空
不知过了多久
一朵羞涩的梦悄然吐露
饱满清纯如少女的酥胸
欲挤破青衣蹦跳而出
吸引无数猎艳的眼球

某天清晨，人们惊奇地发现
在那片肮脏、散发着腐臭的泥塘
赫然挺立着一朵洁白、高雅、怒放的莲花
在晨曦中如一颗启明星照耀着世界

角落里的一朵花

在一个阴暗、冷清的角落里
有一朵不知名的花儿
不甘寂寞地盛开着
每一片花瓣
都尽情地舒展它的光彩和芬芳

它不像田野的花儿
尽情地享受阳光的温暖
雨露的滋润

也不像公园里的花儿
被赞美声、闪光灯包围着

也不像阳台上的花儿
被精心地呵护和栽培着

也不像这些花儿
总是成群结队地相伴在一起

可是它从不自卑
甚至还有那么一点点清高

在它眼里
它们只不过是一群
或放纵或卖笑或俗气或脆弱
或装饰别人生活和梦境的
思想简单,被人主宰的花而已

它则是纯洁、理性和强大的
孤独而不悲哀,孤独也轰轰烈烈
因为它开出了一个
属于自己的独具魅力的春天

泥土

对于城里人来说
它似乎已被遗忘
没有艳丽的色彩
没有芬芳的气味
也不能解人饥渴

然而童年时我爱过它
我时常用脚亲吻它粗糙的皮肤
也时常在田野里呼吸它的气息
还曾经和它玩耍各种有趣的游戏

然而农民是如此深爱它
视它如自己的生命
哪怕这五千年来
他们的血泪和汗水汇成滔滔大海
却依然没有脱掉卑贱的帽子
泥土就是农民,农民就是泥土

泥土是卑贱的
它被万物俯视,被踩在最底层
它默默忍受着
一切肮脏、沉重和践踏

泥土又是崇高的
它甘愿粉身碎骨
铺成一条条纵横交错、四通八达的道路
把快乐和梦想无私地奉献给远方

泥土更是充满了母性的光辉
它孕育了生机勃勃和色彩缤纷的大自然
它奉献五谷杂粮和丰硕的果实繁衍人类
没有泥土就没有一切

呵，多么朴实而不凡的泥土
它的价值怎能以金钱来衡量
回想中华民族几千年沧海桑田
是如此的感慨万千
此刻，多想捧起一把泥土
像捧着心爱的祖国一样
紧紧地贴在胸口
因为，那是炎黄子孙永远的根啊

烛光

与你相逢总是在黑夜
只有掏出自己的心
才能把夜撕开
那一刻,疼痛四下散开

仿佛干枯的水草
重新得到了春天的滋润
我时常在白颜色上流连忘返
我不甘屈服于黑暗的命运
哪怕看着孩子们的字迹
写得歪歪扭扭

我深信,终有一天
他们会飞得更高,更远
因为,在灰烬之后
是新生,是欢呼
是灿若惊鸿

一条鱼的故事

一条快乐、自信的鱼儿
踌躇满志地奔向大海
一路上风平浪静,风光无限
可是突如其来的一阵狂风巨浪
让它不知所措,迷失了方向
当它清醒过来时
发现自己在逆流而行
周围是那么的冰冷、黑暗、危险
到处隐藏着激流、暗礁、漩涡
每前进一步都是那么困难
身体已是伤痕累累
心灵已是疲惫不堪
梦,依然那么遥远
然而鱼儿没有退缩
哪怕下一秒就死去也绝不放弃
它歇息了一会儿,深吸了几口气
继续向前游去
它拼命地游啊,游啊
也不知游了多久
终于看见了一缕阳光在向它招手
它露出了久违的笑容
它仿佛看到大海敞开热情的怀抱
迎接它的到来
它奋力向前方游去

致紫荆花

自古你就盛开在炎黄大地
享受着大家庭的温暖
一百多年前
一群野兽残暴地侵入
惊醒了你恬静的美梦

一夜间
你成了没有母亲的孤儿
你的天空已不是原来的天空

在充满铜臭和肮脏的土壤里
你把痛苦和梦想深埋
生存的本能
迫使你开枝散叶，开花结果
历经百年风雨飘摇
奇迹般地长成一道世界东方
灿若明珠的风景线
诱惑着五湖四海的游人慕名而来
只为今生没有遗憾

然而你从未忘记自己的根脉
流淌的是黄河的血液
你时常望着天边远去的云朵
发呆和叹息

你是多么羡慕那自由飞翔的雏鹰呵
累了就在母亲的怀里撒娇、憩息

可是,可是——
你的心总是隐隐作痛

后来,有一位龙的传人
他大刀阔斧
劈荆斩棘,勇闯难关
推开锈迹斑斑的大门
唤来"两制"的春雨洗去你百年的耻辱
当鲜艳的五星红旗升起
东方的太阳照耀在你的大地
你孩童般地笑了
从来没有如此的轻松和恬静
从此,一个崭新的时代拉开了序幕
一个永恒的春天诞生了
是的,永恒的春天

人物篇

当有一天
一缕阳光穿透重重乌云
投入窗的缝隙
雪,奇迹般地停止了

月光少女

曾经
有一个含苞待放的少女
在清澈如水的月光下徜徉
白里透红的圆脸上
一笑挂着两个甜甜的小酒窝
眼睛像圆圆的月亮
牙齿像月光一样的洁白晶莹
修长的身材像亭亭玉立的白鹤
乌黑的长发瀑布般流泻在腰间
身着一袭银色、飘逸的拖地长裙
恍若一个从天上下凡
不食人间烟火的仙女
她翩翩起舞，吟诗浅唱
她的舞姿是那么的轻盈、高雅
像一朵风中的白莲轻晃着
洁白娇嫩的花瓣和芬芳的花蕊
她的声音是那么的空灵、清澈
仿佛幽谷中传来的潺潺的泉水
不时溅出天真无邪、快乐的笑声
令嫦娥也黯然失色
可是天妒红颜
一场突如其来的暴风雨
让她青春的枝叶戛然折断
甚至没来得及去开一朵爱情的花
从此，月亮就再也没有圆过

一个昨天的倒叙

曾几何时
突如其来的暴风雨
摧残了梦想的翅膀
从此,一扇明亮洁净的窗口
隔绝于尘世
此后的天空
飘起纷纷扬扬的大雪
仿佛坠入万丈深渊

当有一天
一缕阳光穿透重重乌云
投入窗的缝隙
雪,奇迹般地停止了
少女的眼睛闪耀着从未有过的光辉

她擦去眼角的泪
脱去沉重而陈旧的衣裳
自信地说:永别了,昨天
她用力推开尘封已久的窗户
像一只破茧而出的蝴蝶
向着那充满阳光和鲜花的地方飞去

是呵,不经历冬天
又怎会知道春的温暖、美丽和蓬勃

军嫂

有人把生命交给了祖国和人民
你把终生的幸福交给了他
因为在你的血脉里
流淌着同样的炽热和爱

你习惯灯下独自咀嚼思念的苦涩
也习惯独自挑起家庭重担的艰辛
田野的花儿开了又谢，谢了又开
匆匆的相聚让离愁的温度升至沸点
空负了你美丽的容颜和婀娜的身姿
而你的脸上始终微笑着

假如说他
是一艘大海上巡逻的舰艇
你则是那温馨静谧的港湾
当舰艇满载着疲惫和尘土而归
你敞开早已期盼的母亲般的怀抱
嘘寒问暖，为它疗伤
哄它进入甜甜的梦乡

假如说他
是悬崖峭壁上挺拔的青松
百折不挠，正气凛然
你则是那静静绽放的白莲

洁白无瑕，淡雅清高，与世无争
唯有你才配得上青松
你们互相衬托，相得益彰

假如说他
是一座雄伟沉默的大山
你则是那寂寞而又红火的山花
大山容纳了你生命的根
也赋予了你大山的本色
而你点缀了大山的壮丽
没有你大山就像一座死去的荒凉的火山

呵！嫂子！
你是万花丛中
那朵最纯洁、最孤独而又甘于寂寞的花
也是暴风雨中笑到最后的那朵花
我愿做一朵这样的花并引以为荣
绿叶因为有你才更加蓬勃而充满生命力

英雄

英雄诞生于人民
英雄为人民生
为人民死
英雄是真善美的代言者
英雄的雕像
即使是泥土做的也坚不可摧
岁月可以苍老
世事可以沧桑
英雄的光芒永不褪色
纵然粉身碎骨
也栩栩如生地
活在人民心中,生生不息
英雄像一面迎风招展的鲜红的旗帜
鼓舞着人民与丑陋、邪恶作坚决的斗争
让真善美之花开得更加绚烂

诗匠

有时
你是一个神奇的魔术师
能穿越时空翱翔于地狱天堂
能翻手为云，覆手为雨
随心所欲地改变万物的命运

有时
你是一个正义凛然的英雄
手执一把寒光闪闪的利剑
刺向黑暗、丑陋的要害
让它的真面目曝光于光天化日之下

有时
你是一个热情洋溢的歌者
你歌唱无私奉献祖国的崇高情怀
也歌唱一草一木，一沙一石
歌唱一切真善美之事物

一个诗匠的价值
时间和人民会给出一个公正的答案

畸形的生命

这是一片黑色的土地
生长着各种各样畸形的生命
每一个生命的根须
都疯狂紊乱地缠绕着

它们的花朵时而热情绽放
时而冷漠紧闭
它们的叶子时而有力伸展
时而胆怯蜷缩

每天从睡梦中醒来
它们就不停地和另一个自我厮杀
结局总是疲惫不堪,以妥协告终
甚至被另一个自我毫无血迹地杀死
每天,它们还要遭受风雨雷电的侵袭
使它们原本畸形的生命更加畸形

尽管如此
它们依然渴望爱的春天
依然努力地孕育着梦想
哪怕是渺小、卑微的梦想

尽管它们的根脉
被噩运的魔爪紧紧掐着

却活出了一个顽强的姿态——
不低头，一直向着光的方向，挺进

人物篇

广州系列风景篇

多彩的丝绸
搭起友谊的彩虹
与遥远的彼岸握手

北京路

北京路与北京无关
北京路不仅仅是一条路

无论历史的车轮
在它身上碾过多少沧桑
依然顽强地延续并生长着
它古老文明的生命力
改革开放的春风吹来
让它如雨后的花朵般
更加光彩照人，生机盎然

这是一条川流不息的人的河流
一条条鱼儿各怀心思尽情畅游
或美食，或娱乐，或购物
或沉迷在十几朝的历史古迹里
做一回穿越小说的浪漫主角

夜幕下的北京路更美更浪漫
一对对情侣牵手依偎呢喃细语
那无数闪烁的多彩的霓虹灯
汇成一条夜空般的星河
在羊城的中心缓缓流动、交相辉映

当喧嚣的浪潮退去
北京路像一座关闭城门的古城
陷入梦幻与神秘的黑色海洋

那些被时光的尘埃
埋葬在千年古道下的
风花雪月、金戈铁马的传说
是否已灰飞烟灭

到广州没到过北京路
就像到北京没到过万里长城
错过的不仅仅是时光和风景

黄埔古港

传说凤凰曾降临此地
播下一颗吉祥的种子
从此这里繁衍着一个古老不败的
海与船的故事

多彩的丝绸
搭起友谊的彩虹
与遥远的彼岸握手
古老灿烂的华夏文明
向世界缓缓揭开神秘的面纱
曾经温柔的波涛再也无法平静
它吞噬着贪婪的光芒
血腥的枪声、炮声、绝望的呼救声……

潮起潮落,斗转星移
仿佛昨夜的昙花一现
曾经的千帆共渡
早已化为梦幻般的泡沫破碎消失
曾经的辉煌历经千年风雨
依然斑驳可见

如今的古港
像一个穿着高跟鞋的渔家姑娘
古朴的血脉呼吸着现代的气息
热情活泼又不失文静
如果你走进她的灵魂深处
你会强烈地感受到
她与生俱来的对祖国大海般深沉的爱

多想在古港的怀里做一个美梦
梦里乘着帆船在碧波荡漾里歌唱

萝岗香雪

当北方
盖上了厚重的棉被
你却在羊城一隅
裁成一条镶满梅花的
盛大而轻盈的白裙子

当风掠过
惊得千万只蝴蝶翩翩起舞
月光般的笑声
纷纷扬扬飘落大地
我从风里呼吸到你的气息

我要带上一瓶低度的红酒
跋山涉水地来看你
慢慢品味
你的冰清玉洁
你的诗意芬芳
你的铮铮傲骨
如果我还是醉了
就让我做一个美梦吧
梦里你穿着洁白高贵的婚纱
成为我美丽的新娘

上下九

在你 1237 米的长度里
浓缩了一副古老绚烂的
羊城西关风情画卷

摇摇欲坠、斑驳的西关大屋
连绵千里、老当益壮的骑楼
执着亲切的鸡公榄的叫卖声
百年老字号的招牌名不虚传
火了半个多世纪的戏曲依然在火
唤醒泛黄岁月的姿态各异的铜像
还有那穿行于大街小巷
被岁月和人们打磨过的
一个个古老而新鲜的传说……

时代日新月异的变化
不断给这片古老的土地注入新鲜的血液

一座座高楼大厦比肩林立
时尚流行的商品价廉物美
不同风味的国内外美食蜂拥而入
欲与传统特色小吃一决高下
高科技的"羊城景廊"流光溢彩
五光十色、闪烁如星的霓虹灯
列队整齐、笑容似火的红灯笼
把夜幕下的街道装扮得花枝招展
迎接来自五湖四海的朋友

远方的客人,要想品尝老广州的味道
还是上下九的最地道!

珠江

你胸怀宏伟梦想
穿越千山万岭
来到这片肥沃的土地

你用清澈甘甜的乳汁
哺育着勤劳、智慧的珠江人
你那波澜壮阔的浪花
扬起多少金色的风帆
改革开放的春风席卷而来
吹来了紫荆花、莲花的芳香
融天地日月之精华
孕育了南国一颗无比璀璨的明珠——
羊城

风起的日子
你如一条银光闪闪的深蓝色绸缎
在羊城的怀抱里飞扬
晴朗的夜晚
那五光十色、熊熊燃烧的灯海
把你轻荡的黑衣裳点缀得金碧辉煌
远处

那光彩夺目、婀娜性感的"小蛮腰"
让你深深地痴迷和幻想
你多想变成一个风度翩翩的王子
骑着天马飞去与它浪漫地约会
呵！这梦寐的迷人的夜景
谁，不为之倾倒呢

啊！珠江，我是如此热爱你
你是羊城不息的血液
没有你就没有羊城的传奇

其他篇

一湾清水绕碧竹

纤纤佳人

莹莹孑立在

曲折的游廊

六月,我把名字挂在枝头

六月,炙热的风
吹熟了果子
大街上回荡着乡下的声音
每喊一声就闪出一个人来

从一棵树到另一棵树
鸟鸣、馨香、远影
仿佛遥远的星光
重新聚集在一起

我把名字挂在枝头
身体被春天冲开
所有的细节都被吸引
并印刻在天空

我在六月醒来
阳光如注,风急天高
我像果子一样,洗净身子
安宁如处子

孤坟

你是谁
没有墓碑
没有遮风挡雨的舒适之所
只有一堆黄泥土把你的一生
埋葬在乱草丛中
周围
香火袅绕，鞭炮声声，祝福声声
只有你冷冷清清

没有人知道你的名字
没有人知道你的故事
好像你从未来过这个世界
又像一个被人丢弃的无人问津的垃圾

然而古往今来
战死沙场者
篡权夺位者
四处流浪者
家财万贯者
恶贯满盈者

与之相比
至少你不被人打扰
至少你有安息之地
这正是你不幸中之万幸
然古往今来又有几人能看透呢

其他篇

怀念

怀念
是一只自由的小鸟
在阳光的沐浴下
唱出一串串美妙的音符

怀念
是一颗苦涩的青果
在汗水的浇灌下
沁出一阵阵成熟的芳香

怀念
是一条欢快的小溪
在春雨的亲吻下
开出无数朵激情的花儿

怀念
是一只啼血的雄鹰
在阴郁的天空下
鸣出一缕缕金色的阳光

怀念
就像一条看不见
摸不着、漫无边际的轻纱
紧紧地缠绕着我

让我欢喜让我忧
让我剪不断理更乱

每当风雨潇潇
怀念便载满了我孤寂的小舟
在浩瀚的脑海里不断地飘摇
去追寻那消失的绿岛的踪迹
去搜索那遗失的璀璨的珍珠
日日夜夜　年年岁岁
直至生命停止呼吸

其他篇

体操（组诗）

高低杠（女子）

一只美丽轻盈的燕子
在一高一低的树枝上
来回腾越、空翻、回环……
动作优美流畅，一气呵成
最后燕子以一个高难度动作——
向上翻腾两周半飘然落地
然后燕子展开双翅
向台上的观众弯腰鞠躬
全场爆发出雷鸣般的掌声
燕子脸上露出灿烂的笑容
可是有几人能体会到
这笑容后面渗透的血汗和泪水

平衡木（女子）

远处
一只双腿修长的美丽仙鹤
在一条狭窄不长的独木桥上
轻盈敏捷地跳舞
它一会儿连续三个后空翻

一会儿连续三个前空翻
一会儿单腿原地旋转
一会儿双腿跳跃呈一字形又落回原地
……
动作五花八门，优美流畅
正当大家看得津津有味时
仙鹤身子一歪
眼看就要从桥上掉下来
所有人都倒吸一口凉气
好在仙鹤及时调整身子稳稳站住
继续在桥上伸展优美的舞姿
大约一分多钟
只见仙鹤在桥头停顿了一下
然后突然两个后空翻飞出桥
借助弹力在空中翻腾两周落地
可惜它不小心跌坐在地上
大家响起了鼓励的掌声
仙鹤站起来微笑挥手向大家致意

成功固然可贵
失败并不可耻
只要问心无愧
何尝不是一种成功呢

吊环（男子）

这是力与美的完美结合
两只手与悬空的两只木环
演绎出一场变幻多端、惊心动魄的
"空中芭蕾"——
一会儿水平
一会儿十字架
一会儿大回环
一会儿前空翻、后空翻……
令人目不暇接，叹为观止
最后甩开铁环
凌空飞跃、翻转
安全落地
所有悬挂的心
也安全落地

鞍马（男子）

别看这匹马
矮小且纹丝不动
其实很难驯服
它没有缰绳，也没有鞍
骑手靠两臂支撑马背和两个半圆环

以此驾驭这匹"烈马"
稍不小心
就会"一失足成千古恨"

要想征服这匹马
除了要有过人的胆识
还要有高超的本领
在保持身体平衡的前提下
用腿演绎一场精彩绝伦的"马上功夫"
或双腿全旋，或单腿摆越、交叉
或经倒立，或捷式转体和各种移位
……
动作变化多端，又飘又快，险象环生
且如行云流水般流畅
耳边似乎听到呼呼的风声
仿佛一匹挣脱缰绳的野马
尽情地驰骋在辽阔的草原上
最后骑手单手倒立转体下马
双脚纹丝不动
征服了全世界

拼搏
——庆祝中国女排 2016 年里约奥运会夺冠

中国女排好样的
勇于拼搏夺桂冠
举国振奋,红旗飞舞
为国争光,不让须眉
喜极而泣,相拥而笑
谁能衡量
那闪闪发光的金牌
凝聚了她们多少血汗和泪水
十二年艰苦磨砺,卧薪尝胆
今朝终得以雪耻,扬眉吐气
尽情地哭吧,笑吧,欢呼吧
让所有的疲惫、委屈和压抑
在此刻烟消云散
让所有的快乐、兴奋和激情
在此刻熊熊燃烧
这是"女排精神"的胜利
也是伟大中国的胜利
"女排精神"就像一面光辉的旗帜
激励着中国人民不断拼搏创造新的辉煌!

诗韵红楼（居所篇）

其他篇

梨香院

荣公宝钗曾居此
大观园建成后
十二女伶栖此习演女戏
莺歌燕舞不知窗外事
最是无情风流雨
埋葬了尤二姐
最后一缕阳光

稻香村

大观园内
独稻香村别具一格
一派田园风光
茅屋炊烟袅袅
杏花摇曳泥墙
探春设海棠吟诗作对
社长李纨饮酒乐逍遥

怡红院

庭院深深
富贵堂皇
芭蕉叶翠海棠花红
怡红公子风流倜傥
粉黛常伴吟诗斗酒
可叹一朝大厦倾
梦碎情尽断尘缘

潇湘馆

一湾清水绕碧竹
纤纤佳人
茕茕孑立在
曲折的游廊
声声叹息欲断肠
一缕相思一场梦
化作瓣瓣梨花雨
香魂匆匆上九霄

秋爽斋

三小姐的居室
开阔大方，古朴典雅
豪华气派，墨香满屋
抵过千家万户
谁知贾府富几许
看天下民不聊生
哀嚎遍地便可知

蘅芜苑

清凉瓦舍
景物非凡
异香扑鼻
奇草仙藤愈冷愈苍翠
竞相攀檐而上
青色帐幔
一色玩器全无
更显卧室清冷
冷而不失温柔

其他篇

栊翠庵

栊翠庵内红梅似火
妙玉、惜春苦心修佛
元妃盥水虔诚拜佛
佛门本应不染尘埃
怎奈凡尘不请自来
可怜了，两位俏佳人

大观园

元妃省亲
贾府建一别墅
堪称人间仙境
风流公子金陵十二钗
演尽一场凄美红楼梦
梦醒大厦倾，人事皆非
唏嘘不已

微型诗

愈是月圆时
月光愈是寂寞
乡愁如饮下的烈酒,滚烫着血液

你的笑声

最美是你的笑声
像一颗颗珍珠
从高处坠落玉盘溅起的清脆

等我老了

即使我是一棵濒临枯死的树
我也要向着阳光
努力地开花，长叶，结果

煤油灯

记忆的小巷尽头
你在风中，执着地照耀着
那个在黑夜中奔跑的小女孩

橡皮

擦掉黑色的过去
让自信的笔尖
重描一个丰硕的秋天

深秋

白霜盖地，丹枫燃天
我看见一片枯黄的叶子
在青春的树上摇摇欲坠

月是故乡明

愈是月圆时
月光愈是寂寞
乡愁如饮下的烈酒，滚烫着血液

夜读

月光从窗棂爬进来
风一遍一遍地，翻动着
那本难以入眠的书

故乡的小河

多少次梦里
扑进你的怀抱
拔起，一浪又一浪的笑声

港口

归帆如倦鸟垂下了头
浪花轻轻拍打着
那一片酣睡的静谧

父亲的背影

不曾弯曲的倔强
顶起一片蔚蓝
让一个个青涩的梦想,长成金秋

失恋

一颗青涩的果子
重重地跌落在梦的湖里
霎时,湖水痛得一波一波痉挛

乡间那棵歪脖子树

牛背上的笛声瘦了
你虔诚地弯着腰
奉上一个个肥硕的果实

钓鱼

把诱惑,抛得又高又远
执着,在岸边如雕像
肥美的梦想就会在手中欢跳

空巢

鸟鸣声
越飞越远,树梢
只剩下风声在轻轻摇晃

冬夜

北风,咆哮着
摇晃大地,我们坐在灯下听

爸爸把泛黄的故事,烤热

高兴

我们在绿茵上追逐着，嬉笑着
跑着，跑着
我误以为跑回了童年

胡杨

沙漠衬托了你的强大
你点燃了沙漠的希望

纸船

软弱的外表下有一颗向往大海的心

结语篇

期待有一天
这个世界
没有爱的冬天，没有心的沙漠
让永恒的春天不再是神话

心灵之桥

世上有许多种桥
唯有一种桥
看不见,摸不着
只能用爱心去搭建
那就是——
心灵之桥

它可以使你从黑暗走向光明
也可以使你从枯萎开出花朵
它可以使你从冰冷感到温暖
也可以使你从深渊走向巅峰
……

亲爱的朋友
只要你愿意敞开心窗
快乐的小鸟就会带给你美妙的歌声
只要你愿意倾吐心声
你就会感到天空是那么的蔚蓝如洗

亲爱的朋友
打开尘封已久的心锁
抹去斑斑泪痕和血迹
让清新的春风带你到一望无际的大草原去
尽情地享受阳光的抚摸和鸟语花香的惬意

结语篇

亲爱的朋友
让我们手拉手心连心
共同建造一条纯洁、真诚、热情的心灵之桥
跨越一切丑陋、邪恶的心灵障碍
让每一个人都能够抵达缤纷、蓬勃、芬芳的春天

期待

那一天,响亮的鞭炮声中
飘落一地嫣红
我错认是大厅桃花的落英
我在女监的清晨中
期待
年年红火,岁岁平安

那一天,嬉闹的游园场上
洒落一地笑语
我喜看大家兴致勃勃地游玩
我站在篮球架下
期待
共庆元宵,共筑和谐

那一年,茵茵的绿草坪里
错落三栋现代化监舍
我惊叹它的崭新的气魄
我远远张望
期待
新监区,新气象

那一年,宁静的办公室内
垂落条条蓝绸
我享受新窗帘带来的清凉

结语篇

我立在窗前
期待
更阳光，更明媚

斗转星移，冬去春来
满心的期待
墙内，收藏着我的憧憬
墙外，寄托着我的祝愿

那年，"悦悦事件"不绝于耳
洒落一行清泪
我期待
这个世界没有冰冷
让人间处处充满阳光和正能量

至今，世界的另一端依然战火纷飞
遗落片片废墟，生命朝不保夕
我期待
这个世界永远没有硝烟
让每一个角落开满和平幸福的鲜花

我期待
这个世界拥有正义和平等
让不同种族的人们手牵着手心连着心
共同建造一个团结、温馨的大家园

期待有一天
这个世界
没有爱的冬天，没有心的沙漠
让永恒的春天不再是神话

让我们一代接一代共同努力！